KJB

Foto: privat

Olivia Tuffin lebt auf einer Farm in Dorset, England. Sie reitet am allerliebsten mit einem ihrer drei Palominos aus. Genau wie Georgia hat sie früher ausgemistet und im Stall geholfen, um sich ihre Reitstunden zu verdienen. Dass sie heute eigene Pferde hat und genau die Geschichten schreiben kann, die sie selbst schon immer gern lesen wollte, macht sie zum glücklichsten Menschen der Welt.

Bei FISCHER KJB sind von ihr außerdem ›Redgrove Farm: Auf vier Hufen ins Glück‹ und ›Redgrove Farm: Das neue Fohlen‹ erschienen. Weitere Bände sind in Vorbereitung.

Weitere Informationen zum Kinder- und Jugendbuchprogramm der S. Fischer Verlage, auch zu E-Book-Ausgaben, gibt es bei *www.blubberfisch.de* und *www.fischerverlage.de*

Olivia Tuffin

Redgrove Farm

Die große Chance

Aus dem Englischen
von Angelika Eisold Viebig

KJB

MIX
Papier aus verantwortungsvollen Quellen
FSC® C083411
FSC
www.fsc.org

Erschienen bei FISCHER KJB

Die englische Originalausgabe erschien 2014
unter dem Titel ›The Palomino Pony Wins Through‹
bei Nosy Crow Ltd, London, England

Umschlaggestaltung: Birgit Gitschier, Augsburg
Umschlagfoto: Shutterstock
Satz: Fotosatz Amann, Memmingen
Druck und Bindung: CPI books GmbH, Leck
Printed in Germany
ISBN 978-3-7373-5188-1

Besonderen Dank an Michelle Misra

Für Neve und Huey,
die auf der anderen Seite der Welt lesen!

O.T.

Prolog

Das blonde Mädchen saß auf dem Palomino-Pony und lachte begeistert, als sie zusammen Hindernis um Hindernis nahmen: Stangen, Reifen, Latten – mühelos verschwand alles unter den Hufen des Ponys. Es war Heiligabend, und das Mädchen konnte sich nichts Schöneres vorstellen, als zu reiten.

»Sie macht sich so gut«, rief sie ihrer besten Freundin zu, die neben ihr auf einem graubraunen Highland-Pony ritt. »Vielleicht versuche ich sogar gleich noch den schwierigeren Parcours.«

»Meinst du wirklich?«, rief ihre Freundin über das Donnern der Pferdehufe hinweg. »Du weißt doch, was deine Mum gesagt hat …«

»Ja!« Das Mädchen verdrehte die Augen. »Keine Sorge, das klappt schon.«

»Also gut. Dann bin ich auch dabei«, stimmte ihre Freundin zu.

Das Mädchen drängte das Pony in den Galopp, saß

dabei ruhig im Sattel und hielt federleicht Kontakt mit den Zügeln, während sie zu den größeren Hindernissen ritten. »Na los, meine Schöne«, flüsterte sie, als sie auf das Gatter zuhielten.

Das Pony nahm das Hindernis ins Visier und setzte zum Sprung an. Aber irgendetwas fühlte sich nicht richtig an. Das Mädchen versuchte, die Zügel anzuziehen, doch es war zu spät, sie war nicht stark genug, um das Pony noch aufzuhalten.

»Halt!«, rief ihre Freundin.

Die Worte wurden vom Wind hinübergetragen. Doch sie nutzten nichts. Voller Entsetzen und wie in Zeitlupe sah das Mädchen, was geschehen würde. Wie ein Schiff, das vom Kurs abkommt, schlingerte das Pony zur Seite. Die Nüstern waren angstvoll geweitet, und der Körper drehte sich. Reiter und Pony trafen mit einem entsetzlich knirschenden Schlag auf dem Boden auf. Dunkelheit umfing das Mädchen, und einen Moment lang war nur noch der Flügelschlag eines erschreckten Fasans zu hören, der die eisige Dezemberluft durchschnitt.

Kapitel eins

»Frankreich?«, rief Georgia Black entsetzt aus und sah in Gedanken bereits, wie sich ihre Ferien auf Redgrove Farm in Luft auflösten. »Müsst ihr denn wirklich dorthin?«, fragte sie kläglich.

»Ich fürchte ja«, antwortete Melanie Hayden, die Eigentümerin des Pferdehofes, auf dem Georgia immer aushalf. »Aber es ist ja nur für drei Wochen. Nur bis Simons Eltern wieder auf die Beine gekommen sind. Nicht wahr, Simon?« Melanie blickte zu ihrem Mann, der gerade dabei war, die Fähre online zu buchen.

»Genau«, antwortete Simon und fuhr sich mit der Hand müde durchs dunkle Haar, das stellenweise schon von Grau durchzogen war. »Meine Eltern sind nicht mehr die Jüngsten und könnten ein wenig Unterstützung gebrauchen. Sie ziehen von Paris nach Südfrankeich«, erklärte er. »Das wird ihnen guttun. Mehr Sonne und so.« Er lächelte und klappte seinen Laptop zu.

»Haben die's gut«, sagte Georgia düster, während sie aus dem Fenster blickte. Sie saßen alle um den Küchentisch herum und tranken – wie immer nach einem langen Tag, der mit Reiten und Ausmisten ausgefüllt war – eine Tasse Tee.

Dem Kalender nach war eigentlich Frühling, doch es kam einem nicht wirklich so vor. Es war ein stürmischer Tag gewesen, und auch der Abend war bewölkt und trüb. Georgia konnte gerade noch die Ponys erkennen: Wilson, den Vollblutwallach, der auf der Koppel neben dem Garten der Haydens graste. Er stand Nase an Nase mit Georgias Palomino-Pony Lily. Secret, Lilys Fohlen, versuchte unermüdlich, das ältliche Exmoor-Pony Callie zum Spielen zu drängen, doch ohne Erfolg. Callie legte die Ohren an und schüttelte nachdrücklich den Kopf. Sie liebte das junge rötlichgraue Hengstfohlen, doch jetzt wollte sie eindeutig in Ruhe grasen.

»Und was ist mit den Ponys?«, fragte Georgia. »Wer kümmert sich denn um sie, wenn ihr fort seid?«

»Tja ...«, Melanie holte tief Luft. »Ich hatte noch keine Gelegenheit, das zu organisieren, aber wir hoffen, dass wir jemanden finden, der solange hier wohnt und das alles übernimmt.«

»Ich könnte das doch machen!«, bot Georgia sofort an.

Melanie lachte. »Ich weiß, dass du das könntest,

aber ich glaube nicht, dass deine Mutter davon begeistert wäre.«

Das stimmte. Georgia liebte Pferde über alles und wusste sehr viel über sie, aber sie war erst dreizehn, und ihre Mutter würde es ihr niemals erlauben, sich allein um den ganzen Hof zu kümmern. Und da ihre Mutter als vielbeschäftigte Künstlerin Tag und Nacht in ihrem Studio arbeitete, konnte sie auch nicht einfach mitkommen und mit Georgia zusammen auf Redgrove wohnen.

»Ich weiß, dass du für jeden, wer auch immer hier aufpassen wird, eine große Hilfe sein wirst, Georgia«, fuhr Melanie fort. »Schließlich sind ja Osterferien, wenn wir fort sind.«

Georgia nickte und brachte ein kleines Lächeln zustande. Während der Schulferien – während aller Ferien! – verbrachte sie so viel Zeit wie nur möglich auf Redgrove Farm. Sie liebte die Pferdeställe und das daran anschließende rote Backsteinhaus, in dem die Haydens mit ihrer Tochter Sophie wohnten. Die Farm war für Georgia wie ein zweites Zuhause. Auch wenn sie kein eigenes Pony hatte, so hatte sie zumindest das Glück, sich um Lily kümmern zu dürfen, als wäre es ihr eigenes Pony. Lily war praktisch so etwas, wie ihr Pflegepferd. Darüber hinaus durfte sie Wilson reiten, während Sophie an der Uni war.

»Ich werde auf jeden Fall diese Woche alles klären«, versprach Melanie und nahm einen Sattelkatalog in die Hand. »Und bist du denn nun für morgen bereit? Alles gepackt?«

»Klar«, antwortete Georgia stolz. Es ging um die Fohlenschau, bei der Georgia Secret und Lily vorstellen sollte. Georgia hatte erst vor kurzem wieder angefangen, Lily zu reiten, da das Palomino nach der Geburt von Secret im Oktober noch etwas Zeit gebraucht hatte, um wieder zu Kräften zu kommen.

Georgia ritt Lily im Moment fast nur auf dem Farmgelände, damit sie sich nicht zu weit von Secret entfernten. Das Fohlen war zwar schon recht unabhängig und schien gar nicht zu bemerken, wenn seine Mutter fort war, aber man konnte nie wissen, ob es sie nicht vielleicht doch irgendwann plötzlich vermisste. Es war so wunderbar, Lily wieder reiten zu können, dass es Georgia gar nichts ausmachte, wenn sie im Moment noch nicht ausreiten konnte.

»Wenn du willst, kann ich dich zu Hause absetzen, Georgia«, bot Melanie an und griff nach ihren Autoschlüsseln. »Es ist zu nass, um so weit zu laufen.«

»Danke, Mel.« Georgia lächelte dankbar. Sie hatte heute nach der Schule den Bus zur Farm genommen, aber mit dem Auto nach Hause gebracht zu werden war natürlich toll.

Lily und Secret blickten neugierig auf, als Melanie und Georgia aus dem Haus traten. Die Ponys hatten Pferdedecken umgelegt bekommen, da die Luft kühl war, und sie sahen beide recht zufrieden aus.

Georgia winkte den Ponys zu und schwang sich dann auf den Beifahrersitz des Geländewagens. Melanie fuhr zügig die eineinhalb Kilometer zum Haus der Blacks hinunter.

»Dann bis morgen früh!«, verabschiedete sie sich, als sie Georgia dort absetzte. »Und Georgia ... mach dir keine Sorgen wegen Frankreich. Ich lass mir schon etwas einfallen ...«

Kapitel zwei

»Hallo Georgia! Wie geht's?«

Georgia blickte hoch und sah Daniel Coleman, ihren Klassenkameraden, in der Einfahrt.

»Hallo, Dan!«, antwortete Georgia mit einem Lächeln. Es war zeitig am Morgen, und die Felder waren immer noch feucht vom Morgentau. Daniel wohnte auf einer Farm in der Nachbarschaft und hatte Georgia versprochen, bei der Fohlenschau zu helfen. Georgia liebte den frühen Morgen vor einem Turnier. Ihre beste Freundin Emma hielt sie deshalb für ziemlich verrückt. Wie die meisten Teenager schlief sie gerne länger, doch Georgia war am glücklichsten, wenn sie sich in den frühen Morgenstunden bei einer Tasse heißer Schokolade um die Ponys kümmern konnte.

»Es ist *viel* zu früh, um an einem Samstag schon wach zu sein«, stöhnte Daniel und schreckte Georgia aus ihren Gedanken auf. Dabei tat er so, als schliefe er gegen den Stall gelehnt wieder ein.

»Scherzkeks!«, antwortete Georgia lachend und schlug aus Spaß mit der Gummimatte nach ihm. »Du bist das doch bestimmt von eurem Bauernhof her gewöhnt! Und jetzt hilf mir mit Secret, ja? Der kleine Kerl weiß genau, dass er heute seinen großen Tag hat. Er hat die arme Lily schon ziemlich herumgescheucht!«

Wie aufs Stichwort kam Secret quicklebendig über den Hof getrabt. Lily folgte dicht hinter ihm. Lily, mit neuen Reisegamaschen versehen, trug eine weiße Pferdedecke aus Baumwolle, auf die ihr Name gestickt war. Das war ein Weihnachtsgeschenk von Georgias Mutter, und der Palomino sah damit wirklich toll aus.

Melanie hatte den Anhänger bereits an den Geländewagen gekuppelt. Sie hatten sich entschieden, den Anhänger statt des großen Transporters zu nehmen, da die Stute und das Fohlen damit sicherer befördert werden konnten. Gelassen ließ Lily sich in den Anhänger bringen, und sobald Georgia sie festgebunden hatte, führte Daniel das Fohlen hinein und streifte ihm das Halfter ab. Melanie klappte die Rampe hoch, und Daniel und Georgia tätschelten die Ponys noch einmal, bevor sie aus der kleinen Seitentür schlüpften und ins Auto stiegen.

»Super«, strahlte Georgia. »Es geht los!«

Als der Wagen auf dem Veranstaltungsgelände einfuhr, herrschte bereits reges Treiben. Überall – wohin man blickte – waren Ponys: Shetlandponys, die das erste Mal an einem Turnier teilnahmen und wunderschöne Highland-, Fell- und Dales-Ponys, die bereits seit längerem geritten wurden. Entspannt drehten einige Teilnehmer ihre Runden im Warm-up-Bereich, lachten miteinander und unterhielten sich. Alle trugen Tweedjacketts mit leuchtend bunten Krawatten – pink, rot, marineblau und gold –, und ihre Stiefel waren spiegelblank poliert.

Georgia stupste Daniel an. »Siehst du!«, sagte sie, während er sich bemühte, seine Krawatte im Rückspiegel des Autos geradezuziehen. »Alle tragen Krawatten, wie ich gesagt habe! Du passt perfekt dazu.«

»Wenn du meinst.« Daniel grinste gutmütig. »Auch wenn ich mir wie ein abgeschnürter Truthahn vorkomme!«

Georgia unterdrückte ein Kichern, als Melanie von der Anmeldung zurückkehrte.

Lily stand ganz ruhig da und sah sich um, während sich Secret an sie drängte, als wolle er in all dem Durcheinander nah bei seiner Mutter bleiben.

»Ganz ruhig, mein Junge.« Daniel legte seine Hand auf den Hals des Fohlens und sprach beruhigend auf den Kleinen ein. Doch Secret war nicht unruhig, weil er Angst hatte, er war nur neugierig.

»Also gut, alle zusammen!« Die Frau am Gatter lächelte die wartenden Wettbewerbsteilnehmer im Warm-up-Bereich freundlich an.

»Bereit, Georgia?«, fragte Dan lächelnd und hielt Secrets Halfter fest.

»So bereit, wie man nur sein kann«, antwortete Georgia mit einem Nicken und versuchte, ruhig zu bleiben. Secret war gut erzogen und aufgeweckt, doch mit all den anderen Fohlen zusammen, von denen manche recht nervös aussahen, konnte man sein Verhalten nicht genau vorhersagen.

Georgia führte Lily hinein. Die Palomino-Stute lief anmutig und, ohne zu zögern, in perfekt stimmigem Rhythmus neben ihr. Lily war ein echter Hingucker! Daniel folgte mit Secret, der übermütig neben ihm herlief. Das kleine Hengstfohlen hatte die Anmut seiner Mutter und wirkte dabei genauso außergewöhnlich wie sein Vater, und Georgia freute sich, zu sehen, dass beide Richter ihn mit einem amüsierten Lächeln betrachteten.

Es gab nicht sehr viele Teilnehmer in dieser Klasse, aber Melanie hatte erklärt, dass der Standard bei der Frühjahrsschau immer sehr hoch war, da jeder seine besten Ponys zeigen wollte. Eine besonders schöne dunkelbraune Stute mit ihrem hübschen kastanienbraunen Fohlen fiel Georgia auf. Anscheinend waren auch die Preisrichter zwischen ihr und Lily hin- und hergerissen. Nach längerer Beratung belegte die braune Stute den ersten und Lily den zweiten Platz.

»Mach dir nichts draus, Georgia«, tröstete Daniel sie. »Der zweite Platz ist schließlich auch gut.«

»Es ist ja noch nicht vorbei!«, sagte Georgia. »Es kommt noch das Vortraben, bevor die Jury ihre endgültige Entscheidung trifft.«

»Dann bräuchte ich wohl eigentlich Laufschuhe«, meinte Daniel und tätschelte Secret. »Ich habe das Gefühl, es könnte schwierig werden, mit unserem Kleinen hier Schritt zu halten!«

Während Georgia Lily vorführte, musste Daniel tatsächlich neben Secret herrennen. Aber auch Georgias Atem ging ein wenig schneller, als sie fertig waren und zurück in die Reihe traten, um die Vorstellung der anderen Ponys abzuwarten. Manche Fohlen waren sehr bockig und bekamen regelrechte Trotzanfälle, wohingegen andere eher ängstlich schienen. Georgia war froh, dass Secret so aufgeweckt war – manchmal konnte er ein wenig übermütig sein, aber das war besser, als wenn er nervös war. Insgesamt benahm er sich unter Daniels Führung tadellos!

Georgia sah zur Jury hinüber. Es kam ihr vor, als

brauchten die beiden Preisrichter ewig, um sich zu besprechen, bis sie schließlich einen Korb mit Rosetten in die Hand nahmen.

»Nummer sechs«, rief dann der eine und nickte Georgia und Daniel zu.

Lily und Secret stellten sich vor der Jury auf und sie wurden mit dem ersten Platz ausgezeichnet. Die hübsche braune Stute und ihr Fohlen wurden zweite!

Ihre Besitzerin lächelte Georgia an. »Das hast du verdient. Echt schöne Ponys«, sagte sie und tätschelte dabei ihre eigene Stute.

»Danke schön«, erwiderte Georgia erfreut. »Deine sind aber auch wunderschön!«

Georgia verließ den Platz unter Applaus und strahlte übers ganze Gesicht. Melanie jubelte und nahm sie begeistert wieder in Empfang.

»Georgia, Dan, das war unglaublich!«, rief sie aus, während sie beide gleichzeitig umarmte. »Und jetzt komm mit, Georgia! Hier ist jemand, der dich kennenlernen möchte.«

Georgia gab Daniel Lilys Führseil und folgte Melanie. Wer das wohl war?

Melanies Augen blitzten. »Wirklich, Georgia, das ist alles richtig vielversprechend!«, flüsterte sie, bevor sie einer kleinen blonden Frau im Tweedanzug auf die Schulter klopfte. Die Frau wirkte auf Georgia etwas einschüchternd, denn sie war makellos zurechtgemacht. Als sich die Frau umdrehte, lächelte sie Melanie an.

»Das ist Georgia«, stellte Melanie sie vor und legte einen Arm um sie. Georgia hatte immer noch keine Ahnung, was los war.

»Hallo, Georgia.« Die Frau streckte ihre Hand aus, sie klang sehr geschäftsmäßig. »Ich bin Josephine Smalley.«

Georgia schnappte unwillkürlich nach Luft. *Die* Josephine Smalley? Sie kannte den Namen natürlich. Das Gestüt der Smalleys war unter Pferdeliebhabern sehr bekannt.

»Ich beobachte dich schon eine Weile«, sagte Josephine und lächelte Georgia an. »Du hast dir in Fachkreisen bereits einen Namen gemacht.«

Georgia blickte zu Melanie, die stolz lächelte und ihr einen kleinen Stupser mit dem Ellbogen gab.

Georgia wusste gar nicht, was sie sagen sollte, aber noch bevor ihr etwas einfiel, sprach Josephine bereits weiter.

»Ich könnte eine Reiterin deiner Größe und deines Alters gebrauchen«, fuhr sie fort. »Meine eigentliche Reiterin ist momentan nicht verfügbar, und ich brauche jemanden, der bei den bevorstehenden Wettbewerben einige meiner Ponys reitet. Nur, um sie zu bewegen und die ersten Qualifikationen zu holen. Was sagst du?«

»Also ... ich ...«, Georgia holte tief Luft und blickte zu Melanie. Sie konnte gar nicht glauben, was sie da gehört hatte. Sie, Georgia Black, sollte einige der besten Ponys im Lande reiten!

Josephine Smalley lächelte, was ihr Gesicht sofort weicher machte. Doch dann fiel Georgia etwas ein. Wenn sie bei den Smalleys ritt, was würde dann aus Wilson und Lily? Wer würde sich um sie kümmern?

»Hören Sie, ich ... äh ...«, Georgia blickte um Unterstützung heischend zu Melanie, bevor sie noch einmal tief Luft holte. »Also, vielen Dank, Mrs Smalley«, sagte sie dann. »Aber so toll Ihr Angebot auch ist, glaube ich nicht, dass ich es annehmen kann. Wissen Sie, ich kümmere mich schon um zwei wunderbare Ponys auf Redgrove Farm.«

Josephine lachte. »Oh, das weiß ich«, erwiderte sie. »Aber Melanie sagte mir, dass sie über die Osterferien drei Wochen verreist ist, also hatten wir beide eine Idee. Was hältst du davon, während dieser Zeit zum Reiten zu mir zu kommen? Du könntest die Ponys mitbringen.«

»Wirklich? Auch Secret?« Georgia traute ihren Ohren kaum und sah Josephine Smalley völlig verblüfft an. Es klang wie das Angebot ihres Lebens.

»Auch Secret«, bestätigte Melanie lächelnd. »Alle Ponys. Um ehrlich zu sein, Georgia, es würde mir wirklich helfen, wenn du einverstanden wärst. Ich habe mir den Kopf zermartert, wen ich bitten könnte, während unserer Abwesenheit nach dem Rechten zu sehen. Wenn die Ponys bei Josephine untergebracht wären, könnte ich beruhigt verreisen, denn ich wüsste sie in guten Händen.«

Georgia versuchte, das alles zu begreifen. Es wäre eine unglaubliche Gelegenheit, aus der Nähe mitzubekommen, wie ein so großes Gestüt funktionierte, aber Josephine Smalley schüchterte sie ein wenig ein. Andererseits, wer nicht wagt, der nicht gewinnt, oder?

»Es klingt toll!«, antwortete sie schließlich. »Wenn meine Mutter einverstanden ist, bin ich dabei.«

Kapitel drei

»Was?« Daniel seufzte enttäuscht, als Georgia ihm später, als sie bei ihm in der Küche saßen, alles berichtete. Bei der Fohlenschau selbst hatte sie noch nichts davon erzählt, weil sie erst noch mit ihrer Mutter darüber reden wollte. »Du meinst, du wirst während der Osterferien gar nicht auf Redgrove Farm sein?«

»Es ist ja nur für drei Wochen, Dan«, antwortete Georgia. »Und außerdem gar nicht so weit weg.«

»Es ist meilenweit weg«, stellte Daniel düster fest. »Ich kann jedenfalls nicht einfach wie sonst nach meiner Arbeit auf unserer Farm bei dir vorbeikommen. Und wie kommst du denn überhaupt jeden Tag da hin?«

»Mum bringt mich und holt mich auch wieder ab«, erklärte Georgia. »Melanie hat sie angerufen, als wir zurück waren. Sie hat sich total gefreut, dass ich einen Ferienjob habe.«

»Ferienjob?« Daniel sah sie erstaunt an.

»Ja, ich werde bezahlt«, erklärte Georgia. »Stell dir das mal vor! Jemand *bezahlt* mich sogar dafür, dass ich mich um die Pferde kümmere und reite!«

Aber Daniel runzelte nur die Stirn und begann zerstreut, seinen Toast in kleine Stücke zu reißen.

Georgia versuchte, ihre Besorgnis zu verdrängen. Sie war noch nie irgendwo anders als auf Redgrove geritten, aber es würde doch bestimmt alles gutgehen, oder?

»Es fährt ein Bus dorthin, also kannst du ja vielleicht zwischendurch kommen und mich besuchen?«, fügte Georgia hinzu und hoffte, dass Daniel dadurch wieder bessere Laune bekäme.

»Ja, vielleicht«, antwortete Daniel und blicke schließlich hoch. »Es ist ja nur, dass ich ... na ja, weil Ferien sind und ... »

»Und?«, fragte Georgia nach.

»Na ja, ich dachte, du weiß schon, wir ...« Er wurde rot, und Georgia merkte, wie ihr ein wenig flau im Magen wurde. Sie blickte verlegen zur Seite. »Ich hatte gedacht, dass wir vielleicht mal ins Kino gehen könnten oder so was, das ist alles«, schloss Daniel. »Aber du wirst natürlich gar keine Zeit haben ...«

Georgia öffnete den Mund, um zu antworten, aber dann sagte sie doch nichts und wurde nur rot.

Es war das erste Mal, dass sie darauf zu sprechen

kamen, dass es zwischen ihnen seit letztem Jahr und ganz besonders seit dem Mittsommertanz irgendwie knisterte. Bei all den Ereignissen im Herbst hatte keiner von ihnen das Thema angesprochen, und zwischen ihnen war alles wie immer – sie waren einfach nur gute Freunde...

Aber war das *wirklich* so? Georgia fand, dass Daniel ziemlich gut aussah, und wenn er neben ihr saß, verspürte sie manchmal so ein komisches Kribbeln im Bauch. Sie merkte auch, dass Daniel sie gelegentlich von der Seite anschaute, wenn er dachte, sie bemerke es nicht.

»Hör mal, nicht so wild«, sagte Daniel jetzt. »Vergiss es einfach.«

»Aber ich will es gar nicht vergessen ...«

In diesem Moment kam Daniels Bruder Ben in die Küche und unterbrach damit ihre Unterhaltung. »Alles okay?«, fragte er und hob die Augenbrauen, als er die leicht angespannte Atmosphäre im Raum bemerkte.

»Klar doch«, erwiderte Daniel mit zusammengebissenen Zähnen.

Georgia blickte zu Daniel, aber er sah bereits weg. Sie hätte sich selbst ohrfeigen können. Sie mochte Daniel, und er mochte sie, aber es war zu spät – der Moment war vorbei.

»Ich sollte vielleicht lieber los«, sagte sie.

»Klar«, sagte Daniel und brachte sie zur Haustür. »Wir sehen uns dann in der Schule.«

»Ja«, antwortete Georgia zögernd. »Dann bis morgen in der Schule.«

Georgia verdrängte die Gedanken an das missglückte Gespräch mit Daniel. Je mehr sie an ihre bevorstehende Arbeit auf dem Gestüt dachte, desto aufgeregter wurde sie. Neben ihrer Mutter und Daniel gab es noch jemanden, dem sie davon erzählen wollte – Emma. Emma und sie waren seit ihrem ersten Schultag beste Freundinnen. Emma liebte Pferde und Ponys ebenfalls, wenn auch nicht ganz so sehr wie Georgia.

Georgia fuhr an diesem Abend mit dem Rad zu Emma, um ihr alles zu erzählen. Als sie bei Emma eintraf, dauerte es nicht lange, und die beiden schauten sich das Gestüt der Smalleys im Internet an.

»Wow! Hier steht, dass sie drei Außen-Reitplätze und eine Reithalle haben«, rief Emma aus, strich sich ihr dunkelbraunes Haar aus den Augen und spähte auf den Laptop, den sie auf ihren Knien balancierte. »Sieh nur, Georgia!«

Georgia blickte auf den Bildschirm, auf dem wunderschöne Ponys, jede Menge Preisschleifen und eine Auflistung der besten Turnierergebnisse zu sehen waren.

»Hey, sie hat eine Tochter«, sagte Emma, während sie die Ergebnisse studierte. »Alice. Hm, das ist komisch«, fügte sie hinzu und blickte stirnrunzelnd auf den Bildschirm.

»Was denn?«, wollte Georgia wissen.

»Na ja«, meinte Emma, »Über Alice' Ergebnisse wird nichts mehr berichtet, nachdem sie im letzten Jahr den Wettbewerb »Pferd des Jahres« gewonnen hat. Warum nimmt sie denn jetzt nicht mehr an Wettkämpfen teil?«

Georgia zuckte mit den Schultern. »Könnte viele Gründe haben, Em«, sagte sie, ohne sich groß Gedanken zu machen. »Denk nur an Sophie, die reitet inzwischen ja auch nicht mehr so viel.«

»Stimmt«, gab Emma ihr recht.

Die Tochter von Melanie und Simon hatte im letzten Sommer, kurz bevor sie mit dem Studium begonnen hatte, eine Phase gehabt, wo sie am liebsten nur noch etwas mit Jungs unternehmen wollte. Das Reiten war nicht mehr so wichtig gewesen. Georgia konnte sich nicht vorstellen, dass es ihr jemals so gehen würde. Inzwischen war Sophie allerdings auch wieder mehr an Pferden interessiert, und wenn sie zu Hause war, wollte sie immer als Erstes mit Wilson ausreiten. Georgia musste ihr sogar immer wieder Fotos von ihm schicken.

»Hör mal, Georgia, hast du Lust auf eine heiße Schokolade?«, fragte Emma, stellte den Laptop weg und stand auf.

»Gute Idee«, antwortete Georgia und folgte ihrer Freundin in die Küche.

Die Schule schien sich diese Woche ewig hinzuziehen – jetzt, da Georgia sich so sehr auf die Osterferien freute. Als die Schulglocke schließlich am Freitag das Ende der Schule ankündete, liefen Georgia und Daniel eilig zusammen die Treppe hinunter, um zur Redgrove Farm zu fahren.

»Hallo, Dan!«

Eine zuckersüße Stimme hielt sie auf.

Na toll!, dachte Georgia. Es war Becky Hanbury, die praktisch mit allen Jungs des Jahrgangs flirtete. Sie *nervte* auch im ganzen Jahrgang am meisten!

»Wie geht's?«, fragte Becky.

»Gut, danke.« Daniel lächelte sie an. Anscheinend hatte er nicht bemerkt, wie übertrieben Becky mit ihren Wimpern klimperte. Aber so war Daniel eben. Er schien keine Ahnung zu haben, dass ihn so ziemlich *alle* Mädchen mochten. Er war nicht wie die anderen Jungs – er flirtete nicht mit den Mädchen oder hing in der Stadt herum. Und er sah sehr gut aus!

»Geht's gleich wieder zur Farm, um deine Schafe zu

füttern, Dan?«, fragte Becky und warf ihre langen blonden Locken über die Schulter.

O Mann!, dachte Georgia und verdrehte die Augen.

Daniel lachte völlig unbeschwert. »Es sind eigentlich Kühe, Becky, aber ja, ich muss zur Farm, sobald ich Georgia bei den Ponys geholfen habe.«

»Oh.« Becky rümpfte die Nase, als rieche es plötzlich schlecht, und drehte sich zu Georgia. »Du bist ja *immer* so mit den Ponys beschäftigt. Wird dir das nicht ein wenig langweilig?«

»Nein«, sagte Georgia stirnrunzelnd und wünschte, sie könnte einfach an Becky vorbeigehen.

Becky richtete ihre Aufmerksamkeit wieder auf Daniel und legte eine Hand auf seinen Arm.

»Tja«, gurrte sie und klimperte erneut mit ihren dick getuschten Wimpern. »Wenn du in den Ferien Lust hast, was anderes zu unternehmen, gib mir Bescheid! Du kannst doch bestimmt nicht die *ganze* Zeit mit den Ponys spielen.«

»Erbärmlich!«, murrte Georgia leise, als Becky wegging.

Während der Heimfahrt war sie immer noch ein wenig schlechtgelaunt. Es war ja nicht so, dass Daniel irgendetwas falsch gemacht hätte. Er hatte Becky gewiss nicht ermutigt, aber er hatte sie auch nicht abgewimmelt.

Während Georgia aus dem Fenster starrte, fragte sie sich, warum sie sich so über Becky ärgerte. Schließlich waren Daniel und sie selbst doch einfach nur Freunde, oder? Sie wusste, dass Daniel sie anfangs sehr gern gemocht *hatte*, aber vielleicht hatte sich das ja geändert. Und Georgia war sich selbst auch nicht ganz sicher, was sie für ihn empfand.

Nervös biss sie sich auf die Unterlippe. Becky war doch nicht wirklich Daniels Typ, oder? Sie war so albern und flirtete mit jedem, aber andererseits war sie auch wirklich hübsch. Ach, es war so schwierig. Warum konnte es mit Jungs nicht einfach so unkompliziert sein wie mit Ponys!

Kapitel vier

»Ich wusste gar nicht, dass Pferde so viel Kram brauchen«, meinte Daniel lachend.

Es war eine Woche später, und Daniel half Melanie und Georgia, die Ponys zu verladen, damit sie zu den Smalleys gebracht werden konnten. Simon würde in Daniels Begleitung Callie und Wilson im Pferdetransporter befördern, während Melanie und Georgia zusammen Lily und Secret im Anhänger transportierten.

»Es hat mit den Wettbewerben zu tun«, erklärte Georgia und zog die Tasche mit den Pferdedecken hervor, um sie in das Fahrerabteil des Pferdetransporters zu stellen. Daniel verzog das Gesicht.

Georgia streckte ihm daraufhin die Zunge heraus. Aber es stimmte ja – die Ponys hatten wirklich viele Sachen, die verladen werden mussten.

»Für Secret und Callie reichen Halfter und Zaumzeug und ein Pflegeset«, sagte sie und spielte nervös mit Lilys abgewetztem roten Halfter. Josephine Smalley war so elegant und berühmt, Georgia hoffte nur, dass sie sich bei ihr nicht fehl am Platze vorkäme!

»Na, Georgia, wie geht es dir?«, fragte Melanie und lächelte, während sie aus der Hintertür in den Hof hinaustrat.

»Gut«, antwortete Georgia und versuchte, fröhlich zu klingen. »Bestens.«

Sie schlossen die Rückseite des Anhängers und gingen zum Pferdetransporter. Am Vormittag hatte Georgia sich schon von Emma verabschiedet – was sehr tränenreich verlaufen war.

»Es sind doch nur drei Wochen, Emma, und ich übernachte ja nicht einmal dort!«, hatte Georgia ihre Freundin beruhigt, als Emma sich über die Augen gewischt hatte. »Und du kannst ja auch kommen und mir bei den Wettbewerben zusehen, wenn du Lust hast.«

»Mit Daniel?«, hatte Emma geschnieft.

»Genau, na also!«, hatte Georgia lachend geantwortet und ihre beste Freundin umarmt.

Doch inzwischen war Georgia selbst nervös und hatte leichte Bauchschmerzen, als sie vom Gelände der Redgrove Farm fuhren. Was, wenn sie nicht das leisten konnte, was man auf dem Hof der Smalleys von ihr erwartete?

»Bist du sicher, dass sie Platz für *alle* Ponys haben?«, fragte sie Melanie wohl zum hundertsten Mal.

»Ja, aber natürlich, Georgia«, beruhigte Melanie sie. »Du hast den Hof doch auf ihrer Website gesehen ... er ist riesig. Wenn du ihn erst in Wirklichkeit siehst, weißt du, was ich meine.« Sie machte eine Pause und blickte zu Georgia. »Falls du trotzdem irgendwann mal Probleme haben solltest oder dich etwas bedrückt ... du weißt ja, dass du mich auch in Frankreich einfach anrufen oder mir mailen kannst, nicht wahr?«

Georgia nickte, und Melanie lächelte sie aufmunternd an. »Ehe du dich versiehst, sind wir alle wieder zurück auf Redgrove! Und die Erfahrung, die du bei den Smalleys machen wirst, wird dir sicher guttun.«

»Ich weiß«, sagte Georgia und erwiderte das Lächeln. Sie war aufgeregt und nervös zugleich. Ihr Magen machte sich bemerkbar, wie sonst nur vor einem großen Turnier. Während der restlichen Fahrt blickte Georgia aus dem Fenster und ließ die Felder an sich vorbeiziehen. Was würden die nächsten drei Wochen wohl für sie bringen?

Als Melanie gesagt hatte, der Hof sei riesig, hatte sie nicht übertrieben. Sobald die Ponys in ihren Ställen untergebracht waren, hatte Josephine mit Melanie, Daniel und Georgia einen kurzen Rundgang gemacht.

Es gab jede Menge Ställe, Pferdeboxen und Scheunen. Koppeln, auf denen wunderschöne Pferde weideten, umgaben den Hof, und die dazugehörigen Felder erstreckten sich, so weit das Auge reichte. Georgia konnte nicht glauben, wie viele Ponys und Pferde es gab – Dartmoor-Ponys, Exmoor-Ponys und sogar ein süßes schwarzes Shetlandpony, das sie unter einer unglaublich wuscheligen Haarmähne heraus ansah.

»Sie sind alle so schön!« Georgia war richtig aufgeregt, als sie schließlich in der Mitte des Hofes stehen blieben. Josephine machte heute einen viel freundlicheren Eindruck und sie trug alte Jeans und Arbeitsstiefel, und an ihrem blauen Pulli hingen die Sägespäne von der Einstreu wie Schneeflocken. Sie hatte einen schwarzen Labrador neben sich, dessen ergraute Schnauze und leicht steifer Gang sein Alter verrieten. Er wedelte unablässig mit dem Schwanz und wollte Georgia immer Pfote geben.

»Aus, Poppy!«, befahl Josephine dem freundlichen Hund, der jetzt beide Pfoten auf Georgias Jeans gelegt hatte.

»Schon in Ordnung«, lachte Georgia. »Ich habe selbst einen Spaniel zu Hause. Ich liebe Hunde … fast so sehr wie Ponys.«

»Das merkt man«, meinte Josephine herzlich. »Einen echten Tierliebhaber erkenne ich sofort. Wie wichtig dir die Tiere sind, sieht man bereits daran, wie du mit Lily umgehst. Jeder in der Turnierszene mag deine Geschichte – du hast es hervorragend geschafft, Lilys Vertrauen zu gewinnen.«

Georgia merkte, wie sie bei dem Kompliment errötete. »Ohne Melanie hätte ich es nicht geschafft«, sagte sie und dachte an Redgrove Farm, als sie vor der nächsten Box stehen blieben und hineinschauten.

In der Box stand Lily, ganz ruhig, und Secret war direkt neben ihr untergebracht. Er war inzwischen schon fast so groß wie seine Mutter und konnte problemlos den Kopf zu ihr hinüberstrecken. Wilson stand in der Box neben Secret, bediente sich aus seinem Heunetz und schnaubte, sobald ein Pferd in seine Richtung blickte. Callie schaute neugierig über den Hof zu einem anderen Exmoor-Pony, das sie umgekehrt ebenfalls interessiert musterte. Callie wieherte leise, bevor sie sich wieder ihrem eigenen Heunetz zuwandte.

Melanie strich über Wilsons lange Ohren. »Ich werde dich vermissen, mein Junge«, flüsterte sie ihm zu.

»Ich werde mich gut um alle kümmern«, versicherte Georgia. Melanie lächelte. »Das weiß ich«, sagte sie und tätschelte Wilson noch ein letztes Mal zum Abschied. »Ich habe wirklich keine Ahnung, was wir ohne dich nur tun würden.«

»Und jetzt kommt mit in die Küche«, sagte Josephine zu Georgia und Daniel, als sie Georgias Rucksack geholt hatten und Melanie in ihrem Geländewagen nachwinkten. »Meiner Meinung nach ist das einer der wichtigsten Räume des ganzen Hofs. Es geht doch nichts über eine schöne Tasse Tee nach einem Ausritt!«

»Gern!«, antwortete Georgia und war immer noch ein wenig schüchtern, als sie Josephine in die große Küche des weiß verputzten Farmhauses folgte.

Neugierig sah sie sich um. Die Küche war voller Rosetten und Schleifen, die um die niedrigen Holzbalken geschlungen waren und sich mit den bunten Tassen, die an Haken hingen, um den Platz stritten.

Eine große schwarze Katze mit gelben Augen hatte es sich auf einem geschrubbten Holztisch bequem gemacht, und überall, wohin man sah, gab es Fotos von Ponys – Ponys bei Siegerehrungen, Ponys, die über Hindernisse sprangen, oder Nahaufnahmen, bei denen man das mit Rosetten geschmückte Zaumzeug bewundern konnte. Insgesamt war die Küche ein leicht chaotischer, aber unglaublich gemütlicher Raum und – in Georgias Augen – ein Paradies für jeden Pferdefan.

Georgias Blick wurde sofort vom Foto eines jungen Mädchens angezogen, das auf einem Palomino ritt, das Lily ähnelte. Das Mädchen auf dem Foto war wahrscheinlich nur ein wenig jünger als Georgia und sah sehr glücklich aus.

»Was für ein schönes Foto!«, bemerkte Georgia, bereute es jedoch sofort, als ein leicht gequälter Ausdruck auf Josephines Gesicht zu erkennen war.

Josephine schloss die Augen für einen Moment, fand jedoch ihre Haltung rasch wieder und lächelte. »Ja, das ist Alice, meine Tochter«, erklärte sie mit munterer Stimme, doch Georgia bemerkte ein leichtes Zittern darin.

»Ach so«, sagte Georgia und wollte lieber keine weiteren Fragen mehr stellen.

Josephine fuhr fort. »Alice ist im Augenblick in der Schule, sie ist Tagesschülerin in einem Internat«, erklärte sie. »Ihr werdet sie später kennenlernen.«

Georgia räusperte sich. »Ich habe gehört, dass sie eine fantastische Reiterin ist«, sagte sie.

»Das stimmt.« Josephine lächelte traurig. »Oder eher, sie war es. Genau wie du, Georgia, hat sie ein natürliches Gespür für Pferde ...«

Aber noch bevor sie fortfahren konnte, gab es ein lautes Krachen, als die Katze beim Sprung vom Tisch eine Tasse umstieß, und der Moment war vorüber.

»Und jetzt zeige ich euch die Sattelkammer«, verkündete Josephine, und es sah aus, als sei sie erleichtert, das Thema wechseln zu können.

Kapitel fünf

Später am Nachmittag, als Georgia und Daniel die meisten Ponys der Smalleys kennengelernt hatten, standen sie am Eingangstor und warteten auf Georgias Mutter, die sie dort abholen wollte.

»Dann bis morgen«, rief Shelley, die Pferdepflegerin, zu ihnen herüber, während sie die Heunetze für die abendliche Fütterung füllte. Sie war neunzehn und trug pfiffige Arbeitsstiefel und eine leichte Blousonjacke. Ihr kurzes dunkles Haar wurde von einer pinkfarbenen Spange aus dem Gesicht gehalten. Georgia hatte sie sofort gemocht – besonders, nachdem sie alle Ponys aus Redgrove umarmt und gestreichelt hatte und Lily als Schönheit bezeichnet hatte.

Während Georgia und Daniel warteten, hielt ein Schulbus vor dem Hof an, und ein zierliches Mädchen mit blonden Haaren stieg aus. Sie rannte mit ihrem Rucksack in der Hand durch den Hof und verschwand im Haus.

»Hallo, Alice!«, rief Shelley ihr nach, doch das Mädchen war im Nu verschwunden.

»War das Josephines Tochter?«, fragte Georgia und blickte zu Shelley.

»Ja«, antwortete sie traurig. »Früher ist sie immer sofort zu den Ponys gegangen, als sie aus dem Bus gestiegen war, bis …« Ihre Stimme brach ab.

»Bis?«, fragte Daniel neugierig.

Shelley schüttelte den Kopf. »Bis sie den Unfall hatte. Ihr habt doch bestimmt davon gehört, oder?«

»Nein.« Georgia schüttelte den Kopf. »Josephine wollte es uns erzählen, aber wir wurden unterbrochen. Und ich reite noch nicht so lange auf Turnieren«, fügte sie hinzu. »Ich kenne bis jetzt nicht besonders viele Reiter, eigentlich nur Melanie.«

Shelley sah traurig aus. »Es steht mir eigentlich nicht zu, euch das zu erklären«, sagte sie. »Aber Alice reitet nicht mehr, nicht seit der Sache mit Honey.«

»Wer ist Honey?«, fragte Georgia verblüfft.

»Honey war Alice' Pony«, erklärte Shelley. »Ein Palomino, genau wie Lily. Sie starb bei einem furchtbaren Unfall. Wir vermissen sie alle so sehr.«

Starb! Das Wort hallte in Georgias Kopf, doch in diesem Moment hielt das Auto neben ihnen an, auf das sie gewartet hatten. Georgias Mutter ließ ihr Seitenfenster herunter. »Springt rein«, rief sie.

Georgia nickte, und nachdem sie Shelley noch einmal zugewinkt hatte, öffnete sie die Beifahrertür. Auf der Heimfahrt musste Georgia immer wieder an Shelleys Worte denken. *Ein furchtbarer Unfall?* Sie konnte sich überhaupt nicht vorstellen, wie es war, ein Pony zu verlieren. Was konnte wohl schrecklicher sein?

Am nächsten Morgen stand Georgia zeitig auf. Als sie nach draußen ging, war Shelley bereits dort und fütterte die Ponys. Weder Shelley noch Georgia erwähnten das Gespräch vom Vorabend. Georgia war einfach nur froh zu sehen, dass die Ponys von Redgrove zufrieden und völlig entspannt wirkten, als sie von ihr aus dem Stall auf die Weide geführt wurden. Da sie daran gewöhnt waren, viel draußen zu sein, wurden sie tagsüber auf die Koppel gebracht. Secret trottete hinter Lily her und legte immer wieder Pausen ein, um alle möglichen Dinge zu beschnuppern, die ihm auf seinem Weg zur Koppel begegneten. Dort angekommen, galoppierten alle vier Ponys erst ausgelassen herum und begannen danach, in Ruhe zu grasen.

»Es sind wirklich liebe Tiere.« Shelley brachte gerade ein anderes Pony heraus und führte es auf die Koppel nebenan. Anschließend blieb sie kurz stehen, um die kleine Herde zu bewundern.

»Stimmt«, pflichtete Georgia ihr stolz bei. »Ich habe ja solches Glück, auf Redgrove reiten zu dürfen.«

»Lily wurde von dir gerettet, stimmt's?«, fragte Shelley, während sie die Halfter zusammenband, die sie in der Hand trug.

»Ja«, bestätigte Georgia mit einem Nicken, bevor sie die ganze Geschichte, von Lilys Reise vom Gestüt Carlamu in Wales bis zur Ankunft auf Redgrove Farm, erzählte. Shelley runzelte fragend die Stirn.

»Carlamu?«, fragte sie neugierig. »Von dort kam sie?«

»Ja, genau. Dort wurde sie gezüchtet«, bestätigte Georgia. Auf einmal fiel ihr ein, dass sie heute vielleicht eines von Josephines Ponys reiten würde, und Nervosität stieg in ihr auf.

Shelley musste das bemerkt haben, denn plötzlich lächelte sie aufmunternd und sagte: »Keine Sorge, Georgia. Unsere Ponys hier sind auch alle gut erzogen und nett. Du kommst bestimmt bestens zurecht.« Sie führte sie in die Sattelkammer.

Georgia holte sich Zaumzeug und sah sich um. Hier drin war alles tadellos sauber, und es roch wie in einer Luxussattlerei. Josephine hatte ihr erklärt, dass auf der Tafel in der Ecke die Futter- und Übungszeiten der Pferde standen. Georgia kniff die Augen zusammen und studierte die Tafel genauer. Eine kleine Notiz ganz unten fiel ihr dabei ins Auge, denn sie war mit lila Farbe geschrieben.

»Bin mit A ausreiten – bis später! Lucy X« Dahinter war ein Smiley gemalt.

Ohne weiter nachzudenken, fragte Georgia: »Ist Lucy das Mädchen, das früher für Josephine geritten ist?«

Im nächsten Moment bereute sie die Frage auch schon, denn Shelley verzog das Gesicht und hätte beinahe den Stapel Decken fallen gelassen, den sie gerade in der Hand hatte. »Woher weißt du von ihr?«, fragte sie und blickte sich nervös um.

»Ihr Name steht da … an der Tafel«, antwortete Georgia leise.

Shelley blickte darauf und wischte den Satz schnell weg. »Oh. Das muss ja schon ewig da stehen. Also, egal, was du tust, erwähne den Namen lieber nicht … nicht auf dem Hof, nicht in Josephines Nähe, und ganz bestimmt *niemals* vor Alice.«

»Okay.« Georgia war etwas verlegen, als Shelley die Sattelkammer verließ, und versuchte zu begreifen, was gerade passiert war. Was genau hatte sie denn falsch gemacht? Sie hatte nur eine Frage gestellt. Mit einem Kopfschütteln zog sie ihre Stiefel an und folgte Shelley ziemlich perplex hinaus in den Hof.

Kapitel sechs

Den restlichen Tag versuchte Georgia, den Vorfall aus ihrem Kopf zu verbannen. Das war nicht allzu schwer – nicht bei solch tollen Ponys. Shelley hatte recht, sie waren wirklich gut erzogen. Georgia war an den ruhigen und gleichmäßigen Schritt von Wilson und Lily gewöhnt, doch Josephines Ponys waren ebenfalls ausgezeichnet trainiert und befanden sich obendrein in einer ganz anderen Liga. Georgia hatte diesen Nachmittag die Aufgabe, unter Josephines aufmerksamen Blicken drei Ponys zu reiten – eine Dartmore-Stute, ein robustes schwarzes Pony aus dem nordenglischen Fell-Gebirge und einen graubraunen Highland-Wallach.

»Ich hoffe nur, Lily wird nicht eifersüchtig, wenn sie mich sieht«, scherzte Georgia, als sie sich von dem Wallach schwang und ihn noch einmal tätschelte.

Josephine lachte. »Ich bin sicher, Lily weiß genau,

dass sie dein Liebling ist«, meinte sie, während die Palomino-Stute zum Zaun herüberkam, um sie zu begrüßen. »Aber es ist immer gut, Erfahrungen zu sammeln, besonders, wenn du eines Tages dein eigenes Gestüt haben möchtest.«

»Oh, das möchte ich auf jeden Fall«, antwortete Georgia.

Dann wurde die Unterhaltung unterbrochen, als eine zierliche Gestalt um die Ecke kam.

»Alice?« Josephines Stimme war sanft und klang leicht besorgt. »Alles in Ordnung?«

Georgia konnte nicht anders, als das Mädchen anzustarren, das aus dem Schatten trat. Es war genau das Mädchen, das sie auf den Fotos gesehen hatte. Ihr Gesichtsausdruck, die aufgerissenen Augen, erinnerte an ein erschrecktes Reh. Über ihre Wange verlief eine frische rote Narbe.

»Alice, Liebes«, wiederholte Josephine im gleichen sanften Ton. »Das hier ist Georgia. Sie reitet für mich, weil…« Sie blickte zu Georgia, »… weil wir etwas ausprobieren.«

Alice starrte weiter geradeaus, und Georgia bemerkte, dass sie an ihr und dem Wallach vorbeistarrte. Ihr Blick war auf Lily gerichtet, die ruhig dastand und wie immer jede Veränderung in der Atmosphäre aufnahm.

Alice hob zitternd eine Hand, deutete auf Lily und stieß ein Wort aus, das Georgia nicht ganz verstehen konnte.

Josephine eilte zu ihr.

»H…Hon…Honey!«

Georgia hörte, wie Alice nach Luft schnappte, bevor sie in Tränen ausbrach und zurück zum Haus rannte.

»Tut mir Leid, Georgia«, rief Josephine über ihre Schulter. »Ich erkläre dir alles später.« Damit folgte sie rasch ihrer Tochter. Georgia hielt immer noch den Wallach am Zügel und fühlte sich wegen dieses Vorfalls ein bisschen komisch.

Josephine ließ sich den restlichen Tag nicht mehr sehen. Da Shelley und der nachmittägliche Helfer Fergus sich um die gesamte Versorgung der Pferde kümmerten, wusste Georgia eigentlich gar nicht genau, was sie machen sollte. Ihre Angebote, beim Ausmisten zu helfen, waren freundlich abgelehnt worden, also beschloss sie stattdessen, Lily hereinzuholen und zu bürsten.

Secret sah sich kaum nach ihr um, als sie Lily von der Weide holte. Das aufgeweckte Fohlen wurde jeden Tag größer und übermütiger. *Was wird Melanie wohl mit ihm machen?*, fragte sich Georgia. Auch wenn Lily quasi ihr gehörte, gehörte Secret offiziell Melanie, und obwohl sich Georgia wünschte, ihn behalten zu dürfen, wusste sie doch, dass ihre Mutter sich das niemals leisten könnte. Melanie war sehr großzügig und kam für einen Teil von Lilys Unterhalt auf. Im Gegenzug half Georgia auf der Farm, und ihr kleines Taschengeld wurde zum Großteil für den täglichen Unterhalt Lilys verwendet.

Sobald Georgia das Pony hereingeführt hatte, stand Lily ruhig da und musterte gelassen das geschäftige Treiben im Hof. Shelley und Fergus lachten und plauderten, während sie die Heunetze und Wassereimer füllten oder Pferdedecken zurechtrückten.

Fergus tätschelte im Vorbeigehen Lilys Hals. Der Pferdepfleger war groß und schlank und hatte einen ausgeprägten schottischen Akzent. »Shelley, ist sie nicht genau das Ebenbild von ...« Unvermittelt brach er verlegen ab, als Shelley warnend den Kopf schüttelte.

»Honey?«, ergänzte Georgia leise.

Fergus sah auf einmal traurig aus. »Ja«, bestätigte er zögernd. »Kanntest du sie?«

Georgia schüttelte den Kopf.

»Honey war wirklich toll«, sagte Fergus leise und streichelte Lily.

»Fergus«, sagte Georgia und nahm ihren ganzen

Mut zusammen, »ist Honey das Pony auf dem Foto mit Alice, das in der Küche hängt?«

Fergus blickte zu Shelley, die den Kopf schüttelte, als wolle sie nicht, dass er mehr erzählte. »Ja«, erwiderte er schließlich zögernd. »Das ist Honey. Es gab einen furchtbaren Unfall, mehr kann ich dazu nicht sagen.«

Sein Handy klingelte genau in diesem Moment, und er wirkte, als sei er über die Unterbrechung ausgesprochen erleichtert. Doch als er das Handy ans Ohr hielt, runzelte er die Stirn. »Hallo? Hallo?« Er klang gereizt. »Hallo? … Wer ist denn dran?«

»Wieder ein anonymer Anruf?« Shelley zog die Augenbrauen hoch. »Ich hatte gestern auch einen.« Auf einmal schien ihnen bewusst zu werden, dass Georgia sie neugierig ansah.

»Es ist nichts weiter«, wehrte Fergus ab, vielleicht einen Hauch zu schnell. »Da ist wohl nur jemand falsch verbunden.«

Später an diesem Abend hatte Georgia es sich zu Hause auf dem Sofa bequem gemacht. Ihr Hund Pip lag direkt neben ihr, und sie schnappte sich ihren Laptop und schrieb Melanie eine Mail nach Frankreich, um ihr von den Erlebnissen auf Josephines Hof zu berichten.

Es geht mir richtig gut. Lily, Secret, Wilson und Callie geht es auch gut, und sie genießen ihre Ferien. Morgen werde ich Lily reiten, und Josephine wird mich trainieren. Heute habe ich drei ihrer Ponys geritten. Am besten gefiel mir ein Highland – es war letztes Jahr bei *Pferd des Jahres* dabei. Dieser Wallach ist zwar ein wenig groß für mich, aber er war echt brav. Auch wenn es natürlich eine gute Erfahrung für mich ist, andere Ponys zu reiten, mag ich Lily trotzdem am liebsten. Alle auf dem Hof sind sehr nett zu mir.

Ich hoffe, es gefällt euch in Frankreich und es geht euch gut.

Liebe Grüße, Georgia

Sie überlegte noch kurz, ob sie Josephines Tochter erwähnen sollte, falls Melanie wusste, was geschehen war, aber dann entschied sie sich, nicht weiter nachzufragen. Mit einem Seufzer schloss sie den Laptop und rieb sich ihre schmerzenden Beine. Sie war nicht daran gewöhnt, so viel zu reiten! Mit einem Blick auf ihr Handy überlegte sie, ob sie Dan eine Nachricht schicken sollte, aber es war spät, und ihr fielen schon fast die Augen zu. Sie hatte bereits Emma geschrieben, die wissen wollte, wie ihr Tag war.

Ich schreibe Dan morgen, dachte sie. Es dauerte nicht lange, da schlief sie tief und fest, während Pip sich neben ihr zusammengerollt hatte und ihr die

Fernbedienung des Fernsehers aus der Hand gefallen war. Sie träumte von Ponys und Fohlen und davon, wie sie Lily bei *Pferd des Jahres* vorführte!

Kapitel sieben

Als Georgia am nächsten Tag drei andere Ponys ritt – das Highland-Pony Lachlan, einen kleinen Exmoor-Wallach namens Jasper und das schwarze Shetlandpony namens Porridge –, machte Josephine auf sie einen müden Eindruck.

»Sie haben so wunderbare Ponys«, stieß Georgia mit einem zufriedenen Seufzer hervor, während sie Porridge abzäumte und abrieb.

Josephine lächelte. »Danke, Georgia, aber das Lob gebührt mir, ehrlich gesagt, nicht allein. Das war auch Alice' Verdienst. Sie konnte so gut zureiten …« Sie schwieg und lächelte mit dem gleichen traurigen Lächeln, das Georgia an ihrem ersten Tag in der Küche bemerkt hatte.

Georgia öffnete den Mund, um etwas zu sagen, schloss ihn jedoch wieder. Das Letzte, was sie wollte, war, ihre neue Chefin zu verärgern.

Josephine klatschte in die Hände. »Also gut, sollen

wir mit Lily anfangen? Schauen wir mal, wie sie sich macht.«

Sie gingen hinüber zur Koppel. Als Georgia Lily holte und aufzäumte, zitterten ihre Hände ein klein wenig. Bisher war Melanie die Einzige gewesen, die ihr beim Reiten der Stute zugesehen hatte. Georgia war immer noch ein wenig eingeschüchtert von Josephine. Lily, die Georgias Nervosität spürte, wieherte leise und stupste mit der Nase gegen ihre Hände, als wolle sie Georgia ermutigen.

Josephine ging mit ihr auf den Reitplatz, und sobald sie mit dem Training anfingen, entspannte sich Georgia. Unter Josephines Führung galoppierte sie schon bald perfekte Zwanzig-Meter-Zirkel und zeigte das Schenkelweichen durch die Länge der Bahn – alles in perfekter Harmonie mit Lily.

»Was für ein wunderbares Pony«, lobte Josephine, die deutlich davon begeistert war, wie gut die goldbraune Stute lief.

Josephine war eine ausgezeichnete Lehrerin – sehr intuitiv, ähnlich wie Melanie –, und Georgia staunte, wie Lily auf die winzigsten Hilfen reagierte. Es war fast, als ob Josephine ihnen immer einen Schritt voraus war, und während Georgia ihren Anweisungen folgte, tanzte sie mit Lily regelrecht um die Bahn.

»Vergiss das Schaureiten, du solltest mit ihr Dressurreiten versuchen. Ich wette, ihr beiden würdet es bis zum Grand Prix bringen!«, rief Josephine, als Georgia anhielt und anschließend mit lockerem Zügel im Schritt ging, um Lily abzukühlen. Dann stieg sie ab, und die beiden gingen nebeneinander zurück zum Stall.

Georgia wurde nun erst bewusst, dass sie inzwischen ganz selbstverständlich mit Josephine plauderte und in ihrer Anwesenheit viel entspannter war. Sie erzählte ihr von den Aufregungen der letzten Monate – wie alles mit Lilys Rettung begonnen hatte, bis zur Geburt von Secret, doch dann schnappte Josephine plötzlich nach Luft und blieb unvermittelt stehen. »Alice«, sagte sie mit rauer Stimme.

Georgia sah nach vorn. Das blonde Mädchen stand direkt vor Secrets Box. Sie schaute das Fohlen an, das sie mit seinen bernsteinfarbenen Augen ebenfalls genau betrachtete. Alice zitterte, ihre Hände waren zu Fäusten geballt, doch ansonsten bewegte sie sich nicht. Ihr Gesicht war so blass wie beim letzten Mal, als sie Georgia und Lily angestarrt hatte.

Josephine warf Georgia einen warnenden Blick zu und eilte zu ihrer Tochter. Georgia blieb stehen und wartete verlegen und schweigend. Alice brach in Tränen aus.

»Honey!«, schluchzte sie und deutete auf Lily. Georgia fühlte mit ihr.

Josephine legte den Arm um ihre Tochter, und ihre Stimme war sanft und freundlich. »Liebes, wir haben doch darüber gesprochen, weißt du nicht mehr? Das ist nicht Honey, das hier ist Lily.«

Nach einem kurzen Zögern forderte sie Georgia mit einem Kopfnicken auf, näher zu kommen, bevor sie leise fortfuhr. »Lily ist Georgias Pony.« Sie strich Alice übers Haar. »Aber vielleicht willst du sie ja begrüßen? Ich komme mit dir.«

In diesem Moment veränderte sich Alice' Gesichtsausdruck. Sie wurde schneeweiß, ihre Augen weiteten sich und blitzten auf. »Niemals«, zischte sie aufgebracht. »Ich will nie, nie wieder etwas mit einem Pony zu tun haben!«

Und damit drehte sie sich auf dem Absatz um und rannte zurück ins Haus.

»Alles okay mit dir, Georgia?« Daniel betrachtete Georgia an diesem Abend besorgt. Sie saß auf einem Heuballen und sah zu, wie er ein Maschinenteil reparierte. Gegen Abend hatte sie es schließlich geschafft, ihm eine SMS zu schicken, doch es war zu spät, um gemeinsam etwas zu unternehmen. Sie war stattdessen einfach auf der Farm vorbeigekommen. Daniel trug ein altes kariertes Hemd, und mit der ersten Frühjahrssonne waren bereits ein paar Sommersprossen auf seinem Gesicht zum Vorschein gekommen. Beides stand ihm gut. »Du siehst ganz schön geschafft aus«, stellte er fest. »Lassen die dich da so hart arbeiten?«

»Es ist schon ziemlich harte Arbeit.« Georgia lächelte müde. »Aber es macht auch Spaß, und ich lerne viel«, antwortete sie. »Trotzdem vermisse ich Redgrove.«

»Ja«, stimmte Daniel ihr zu. »Für mich ist es auch komisch, dass du nicht mehr einfach um die Ecke bist und ich mal eben bei dir vorbeischauen kann.« Er lächelte sie an.

Georgia wurde rot und musste ebenfalls lächeln. »Ich reite morgen bei einer Schau«, erzählte sie verlegen, was komisch war, denn normalerweise war sie nie nervös, wenn sie mit Daniel sprach. »Komm doch mit, wenn du Zeit und Lust hast!«

»Hört sich gut an.« Daniel lächelte und blinzelte ihr zu. »Ich *könnte* dich vielleicht in meinem vollen Stundenplan noch unterbringen«, sagte er, fasste ins Stroh und tat so, als wolle er damit nach ihr werfen.

Georgia lachte und fühlte sich schon tausendmal besser – wie immer, wenn sie mit Daniel zusammen war. Sie war erleichtert, dass sie wieder wie üblich miteinander scherzten und die komische Atmosphäre von kürzlich Vergangenheit war.

Kapitel acht

Der Morgen vor einem Wettbewerb verlief auf dem Hof der Smalleys komplett anders als auf Redgrove Farm. Auf Redgrove plauderten und lachten Melanie, Daniel und Georgia miteinander, während sie die Pferde putzten und dabei zur Radiomusik sangen. Auf dem Hof der Smalleys hingegen wurde mit militärischer Genauigkeit gearbeitet. Wie Shelley und Fergus den gesamten Ablauf geplant und eingeübt hatten, war ein echtes Kunststück. Im Handumdrehen hatten sie die Decken und Weidenkörbe in den großen schwarzen Pferdetransporter geladen.

»Man kann sich gar nicht vorstellen, dass *sechs* Ponys in den Transporter passen, oder?«, sagte Georgia zu Daniel, der zustimmend nickte.

Josephine hatte sich gefreut, dass Daniel mitgekommen war und helfen wollte. Georgia fragte sich, wo Alice wohl war. Vermutlich bei ihrem Vater, einem großen, dunkelhaarigen Mann, den Georgia nur selten zu sehen bekam, da er hauptberuflich woanders arbeitete.

»In Ordnung, Fergus.« Josephine klatschte geschäftig in die Hände. »Sind die Ponys bereit?«

»Sicher, Mrs Smalley.« Fergus holte zwei der Ponys, die er später bei der Schau vorführen sollte. Für die Vorbereitungen hatte er einen Blaumann über seine schicke Reitkleidung angezogen. Georgia war dann beim Wettbewerb für das Reiten zuständig.

Lily kam auch mit, und Georgia hatte sich am Vorabend extra viel Zeit genommen, um sie herauszuputzen. Da sie einen bekannten Reiterhof repräsentierte, sollte sie auch so gut wie möglich aussehen! Lily hatte es offensichtlich genossen, etwas Zeit für sich zu haben, ohne dass ihr ungestümes Fohlen sie auf Trab hielt. Sie schien gar nicht mehr zurück in ihren Stall zu wollen und war unter der Wärme der Heizstrahler, die Georgia zum Trocknen des Fells angemacht hatte, eingeschlafen. Und Georgias Fürsorge hatte sich gelohnt – Lily sah toll aus! Ihre weiße Baumwoll-Showdecke ließ den Goldton ihres Fells schimmern, und ihr cremefarbener Schweif glänzte im morgendlichen Sonnenschein.

Für April war es ein ungewöhnlich warmer Morgen, und alle hatten ihre Pullis zum Verladen der Ponys bereits ausgezogen. Insgesamt vier Tiere kamen mit: Lily,

Porridge, Lachlan und ein dreijähriger Wallach namens Jester, der von Fergus an der Hand vorgeführt werden sollte. Georgias Aufgabe war es, Porridge, Lachlan und Lily in ihren jeweiligen Zuchtklassen zu reiten.

Georgia wurde leicht nervös, wenn sie an den vor ihr liegenden Tag dachte. Sie war entschlossen, ihr Bestes zu geben und Josephine nicht im Stich zu lassen. Als sie in den Transporter stieg und dabei zurück zum Haus blickte, hätte sie schwören können, eine schmale Gestalt in der Tür zu sehen, die verloren zu ihnen hinüberblickte. Georgia schirmte die Augen mit der Hand gegen die Sonne ab und blickte noch einmal blinzelnd hinüber, doch nun konnte sie niemanden mehr sehen.

Während Josephine die Landstraße entlangfuhr, erklärte Shelley noch einmal den Ablauf des Tages. Als Erstes würde Georgia auf Porridge in der Klasse der kleinen Rassen reiten. Dann kam Lachlan an die Reihe und zuletzt Lily in der Klasse der Waliser. Shelley würde jedes Pony für Georgia satteln und bereithalten, so dass sie nur noch zum Aufwärmen aufzusteigen brauchte. »Es muss alles ziemlich schnell gehen«, sagte die Pferdepflegerin grinsend, »aber mach dir keine Sorgen. Ich weiß, was ich tue!«

»Ich habe ein schlechtes Gewissen, dass du das alles alleine tun musst«, gestand Georgia. »Und ich mag eigentlich auch den Teil der Schau, bei dem die Pferde versorgt und vorbereitet werden.«

Sie bogen gerade in die Hauptstraße ein, und Josephine lächelte. »Aber du bist hier, um zu reiten, Georgia«, sagte sie. Es klang recht nachdrücklich, doch sie warf dem Mädchen dabei einen freundlichen Blick zu. »Das ist deine Aufgabe, und du repräsentierst heute meinen Hof, also wird der Stress auch so schon groß genug sein.«

Georgia erwiderte das Lächeln, und ihre Nervosität kehrte zurück. Insgeheim wünschte sie, sie würde in Melanies Transporter sitzen, wo sie fröhlich die Radiolieder mitsingen würde und mit ihren Freunden scherzen und lachen könnte. Innerlich schimpfte sie dann mit sich selbst und erinnerte sich daran, was für eine großartige Erfahrung das Ganze sein würde. Daniel schien zu verstehen, wie sie sich fühlte, denn er legte den Arm um ihre Schulter und drückte sie. Dankbar lächelte sie ihn an und war nicht zum ersten Mal froh, dass er dabei war.

Porridge machte den Anfang und tänzelte ein wenig. Er sah total süß aus mit seinem eleganten Kandarenzaum. Seine großen Augen spähten unter einer riesigen wuscheligen Stirnlocke hervor. Georgia, die in dem Tweedjackett, das Sophie zu klein geworden war, sehr adrett aussah, wollte gerade auf die Bahn reiten, als sie plötzlich merkte, wie ein Mädchen sie vom Eingang aus anstarrte.

Schnell blickte Georgia sich um, ob sie sich täuschte und das Mädchen vielleicht jemand anderen meinte. Aber nein. Sie starrte direkt zu ihr, und zwar mit einem solchen Hass und einer derartigen Wut, dass Georgia für einen entsetzlichen Moment lang dachte, es sei Jemma, Lilys frühere Besitzerin, die ihr das Pony wieder wegnehmen wollte. Ein eiskalter Schreck durchfuhr sie, bevor sie sich bewusst machte, dass dieses Mädchen dunkle Haare hatte und viel größer als Jemma war. Georgia war sich sicher, dass sie dieses Mädchen noch nie vorher gesehen hatte.

Doch jetzt hatte sie keine Zeit mehr darüber nachzudenken. Die Reiter wurden vom Steward auf den Platz gerufen, und als Georgia sich wieder umsah, war das Mädchen verschwunden.

Porridge war ziemlich kräftig für seine Größe, und Georgia konzentrierte sich jetzt nur aufs Reiten und lenkte Porridge vorwärts. Es gab noch elf andere Ponys in dieser Klasse, und nach einer ordentlichen Darbietung erreichte Georgia den dritten Platz und bekam eine gelbe Rosette, die sie stolz ansteckte, bevor sie die Ehrenrunde drehte. Josephine, Daniel und Shelley warteten beifallklatschend außerhalb der Reitarena auf sie und freuten sich mit ihr.

Schnell stieg Georgia von Porridge und schwang sich sofort auf Lachlan, der geduldig wartete und das Geschehen interessiert beobachtete. Nach Porridge fühlte sich Lachlan für Georgia an wie ein Berg! Sie musterte die Zuschauer, konnte das Mädchen von vorhin jedoch nirgends mehr entdecken.

Im Trab ritt Georgia auf Lachlan in die Arena. Trotz seiner Größe ließ Lachlan sich so leicht reiten, dass Georgia bald begeistert strahlte. Sie galoppierte um die Bahn und nutzte den Raum voll aus, um seine Schrittfolge gut zeigen zu können, und seine seidige schwarze Mähne flatterte. Der große Graubraune war erfahren und hatte sich für die meisten wichtigen Wettbewerbe bereits einmal qualifiziert. Georgia hatte nun die Aufgabe, ihn erneut für die *Royal International Show* zu qualifizieren. Sie verspürte beinahe einen gewissen Neid auf jeden, der ihn dann dort reiten würde.

Georgia freute sich, in der Anfangsaufstellung als Erste vorreiten zu dürfen. Jetzt musste sie nur noch ihre Einzelvorführung erfolgreich hinter sich bringen und versuchen, ihr bisheriges Niveau beizubehalten. Während sie in der Reihe wartete, hörte sie plötzlich ein Zischen von dem Mädchen, das links von ihr stand. Der Richter unterhielt sich gerade mit dem Steward und stand mit dem Rücken zu den Wartenden.

Georgia blickte zu ihr. Es war das Mädchen von vorhin, das sie so aufgebracht angesehen hatte, nur dass sie diesmal auf einem großen gescheckten Grauen saß.

»Pass lieber auf, wenn du für Josephine reitest«, zischte das Mädchen ihr zu, das Gesicht wütend verzogen.

»Wie bitte?« Georgia war völlig verblüfft.

»Du hast mich schon verstanden«, sagte das Mädchen. »Dieser Hof wird für das bezahlen, was er meinem Pony angetan hat.«

Und damit drehte sie sich von Georgia weg, die nur verdutzt auf ihren Rücken starren konnte. Was um Himmels willen sollte das? Was meinte dieses Mädchen denn nur? Was immer es war, Georgia gefiel es nicht. Ganz und gar nicht.

Kapitel neun

Es war keine Zeit, noch weiter darüber nachzudenken. Der Richter drehte sich um und winkte Georgia nach vorn.

Immer noch beunruhigt drängte Georgia Lachlan vorwärts. Ihre Beine zitterten leicht, denn sie hasste jegliche Art von Streit. Lachlan spürte ihre Nervosität und war deutlich unruhiger, während der Richter ihn musterte.

Georgia trabte mit ihm an. Sie biss die Zähne zusammen und dachte an Melanie und Josephine. Sie musste das schaffen – schließlich verließen sich alle auf sie. Die Blicke des Mädchens schienen Löcher in ihren Rücken zu bohren, aber Georgia war entschlossen, es zu ignorieren, und wechselte in den Galopp. Lachlan war so erfahren, dass er seine Aufgaben genau kannte. Als er einen kraftvollen Galopp entlang der langen Seite zeigte, entspannte Georgia sich wieder.

»Gut gemacht, mein Schöner!« Sie musste unwillkürlich lächeln.

Es gab eine lange Wartezeit, während die restlichen Teilnehmer vorritten, und Georgia saß ruhig da, die Augen nach vorne gerichtet, und versuchte, das Mädchen auf dem Grauen zu ignorieren, das sich weiterhin deutlich bemühte, sie einzuschüchtern.

Der Richter ließ sich diesmal viel Zeit für die Entscheidung. Nachdem er schließlich einige Male die Reihe auf und ab gelaufen war, um sich die Tiere noch einmal anzusehen, wurde Georgias Nummer aufgerufen. Sie hatte es geschafft, sie hatte Lachlan qualifiziert!

Selbstbewusst kam sie nach vorn und hörte ihr Team jubeln. Shelley, Fergus, Daniel und Josephine klatschten begeistert. Daniel hielt Lily, deren Augen ihr ebenfalls folgten. So gut es sich anfühlte, in dieser Klasse gewonnen zu haben, war es doch nichts im Vergleich dazu, mit ihrem eigenen Pony zu gewinnen. Georgia konnte das Vorreiten in der nächsten Klasse daher kaum erwarten. Sie ritt mit lockeren Zügeln aus der Arena, aber ihr Glücksgefühl verschwand schnell, als das dunkelhaarige Mädchen sich wieder an ihr vorbeidrängte.

»Vergiss nicht, was ich gesagt habe.« Ihre Stimme war leise, aber drohend. »Sie haben mich vielleicht durch dich ersetzt, aber du hast keine Ahnung, worauf du dich eingelassen hast!«

Ah! Plötzlich wurde Georgia etwas klar. Das musste Lucy sein, das Mädchen, das vorher für die Smalleys geritten war, jenes Mädchen, das die Notiz auf der Tafel hinterlassen hatte.

Georgia sah Josephine mit blassem Gesicht auf sie zukommen.

»Ich glaube nicht, dass dies hier der richtige Ort und die richtige Zeit ist, oder, Lucy?«, fragte sie mit belegter Stimme.

Lucy lachte auf – es war ein leerer, bitterer Klang. Die Atmosphäre war angespannt, trotz all der geschäftigen Unruhe um sie herum. Lucy sagte noch etwas, was nicht zu verstehen war, dann wendete sie ihr Pony und galoppierte zurück zu den Pferdeboxen. Josephine sah sehr betroffen aus.

Das reicht, dachte Georgia und stieg vom Pferd. Dieses Mädchen hatte sie hier bei dem Wettbewerb praktisch bedroht. Was immer ihr Problem war, es hatte offensichtlich mit dem Hof der Smalleys zu tun und nicht mit ihr persönlich. Mutig holte Georgia tief Luft.

»Was ist denn eigentlich los?«, fragte sie. »Ich glaube, ich habe das Recht, das zu erfahren!«

Shelley war zu ihnen getreten und sah erschrocken drein, während sie sich mit Lachlans Zaumzeug beschäftigte.

Josephine schwieg einen Moment. »Lucy ist früher

zusammen mit Alice für mich geritten«, erklärte sie dann. Sie sah Georgia bittend an. »Ich verspreche, dass ich dir später alles erkläre. Aber jetzt lass das Ganze bitte nicht zu sehr an dich herankommen. Konzentriere dich nur aufs Reiten.«

Mehr gab es dazu nicht mehr zu sagen. Als Georgia sich auf Lily schwang, begann der Steward bereits, die Reiter für die Klasse der Waliser aufzurufen, und sie musste sich beeilen.

Lily war beim Einreiten in die Arena so ruhig wie immer. Während Georgia sich umsah, verzog sie unwillkürlich das Gesicht, da sie bemerkte, dass einige Ponys mit nach hinten gezogenen Köpfen gegen ihr Gebiss ankämpften. Das erinnerte sie an Lilys Vorbesitzerin, und sie schauderte, wenn sie nur daran dachte, dass ihr Palomino so geritten worden war. Lily wurde immer noch panisch, wenn sie eine Gerte sah, deshalb benutzte Georgia keine. Sie dachte jetzt daran, was Melanie ihr beigebracht hatte. Es war gar nicht nötig, Lily zu irgendetwas zu zwingen. Alles, was sie tun musste, war ruhig zu sitzen. Lily würde ganz von selbst vorwärts laufen, und ihr wunderbarer Gang wäre durch nichts gestört.

Georgia bemühte sich, die Hände mit den Zügeln nicht zu verkrampfen, um Lily genug Freiraum zu lassen, und trieb sie dann in einen leichten Galopp. »Ganz ruhig, mein Mädchen«, flüsterte sie.

Puh, richtig angeritten. Georgia grinste erleichtert.

Genau wie Melanie es ihr gezeigt hatte, galoppierte Georgia auf Lily. Melanie hatte Georgia gut unterrichtet, so dass sie mit einer feinen Hand ritt und niemals gegen das Pony unter sich ankämpfte.

Anders als bei Lachlan war Lilys Klasse für die Neulinge unter den Ponys vorgesehen, die noch nicht sehr oft bei Wettbewerben vorgeführt worden waren – sie sollten einfach Erfahrungen sammeln. Georgia hoffte das Beste, als sie Lily durchparierte und wieder im Schritt gehen ließ, um sich dann mit den anderen Reitern der Klasse aufzustellen. Einige Einzelvorführungen waren richtig beeindruckend – die Reiter waren offensichtlich Profis. Georgia erkannte das sowohl an ihrem Können als auch an ihren taillierten Tweedjacketts. Dann war Georgia wieder an der Reihe.

Sie kraulte Lily noch einmal kurz, dann holte sie tief Luft. *Im Schritt von der Jury weg, im Trab zurück, dann im Galopp eine Acht reiten ...* Melanies Worte hallten in ihrem Kopf.

Zuerst schien Lily leicht zu zögern, als sei sie überwältigt von all den Zuschauern, doch bald hatte sie ihr Selbstbewusstsein wiedergefunden und flog geradezu die Reitbahn entlang, ihr cremefarbener Schweif wehte hinter ihr.

»Genau so, meine Schöne!«, lobte Georgia sie anerkennend.

Stille hatte sich in der Arena ausgebreitet. Die Zuschauer schienen von Lily fasziniert.

Der Preisrichter lächelte und tippte sich anerkennend an die Kappe, als Georgia zurück in die Reihe ritt, wobei sie das Palomino immer wieder lobend tätschelte.

»Gut gemacht, Lily, sehr gut gemacht!«, flüsterte sie, und die kleine Stute zuckte als Antwort mit den Ohren.

Georgia war so sehr damit beschäftigt, Lily zu loben, dass sie nicht hörte, wie ihre Nummer aufgerufen wurde, genauso wenig wie Josephines und Shelleys begeistertes Jubeln.

»Ich glaube, du hast gewonnen.« Ein Mädchen mit lockigen Haaren auf einer Fuchsstute lächelte Georgia an.

Und plötzlich wurde es auch Georgia klar. Sie hatte die Klasse der Neulinge gewonnen! Das war schon ihr zweiter Preis an diesem Tag! Nur, dass sich diese Rosette tausendmal besser anfühlte, denn Lily war *ihr* Pony, und diesen Preis mit ihr zu gewinnen, war das Ergebnis ihrer eigenen harten Arbeit.

Sie bedankte sich beim Preisrichter und lächelte glücklich, als sie die Rosette an Lilys Halfter festmachte. Bei der Ehrenrunde in der Arena sah sie Daniel begeistert klatschen. Es war so schön, dass er ihren Sieg auf dem Pony, das sie zusammen gerettet hatten, mit ihr feiern konnte!

Bei all der Aufregung des Tages kamen Georgia das dunkelhaarige Mädchen namens Lucy und ihre Drohungen erst später wieder in den Sinn, als sie gerade die Ponys für die Nacht in ihre Boxen brachten. *Was sollte das nur alles?* Josephine war auf dem Heimweg recht still gewesen, obwohl sie einen erfolgreichen Tag mit insgesamt zwei ersten Plätzen, einem dritten und einem zweiten hinter sich hatten. Als Georgia gerade darüber nachdachte, summte ihr Handy. Sie zog es aus ihrer Jackentasche. Als sie die Nachricht las, merkte sie, wie ihr das Blut aus dem Gesicht wich.

»Daniel!«, rief sie fast panisch, und sofort war er bei ihr. Die Nachricht war kurz, doch die Worte fühlten sich an wie ein Schlag in die Magengrube. Zitternd reichte Georgia ihm das Handy.

Daniel runzelte die Stirn, während er die Nachricht las.

DENK DARAN, WAS ICH GESAGT HABE!

Alles war mit Großbuchstaben geschrieben, was das Ganze irgendwie noch bedrohlicher aussehen ließ.

ICH WERDE MICH FÜR HONEY RÄCHEN!

Rächen. Das war ein furchtbares Wort. Woher hatte dieses Mädchen denn ihre Nummer? Genug war genug! Es war Zeit, dass Josephine ihr erklärte, was da los war.

Kapitel zehn

Als sie später bei Josephine am Küchentisch saßen, zeigte Georgia ihr wortlos die SMS.

»Die muss von Lucy sein.« Josephine schüttelte den Kopf. »Ich könnte verstehen, wenn du unter diesen Umständen nicht mehr bleiben möchtest, Georgia«, sagte sie und zupfte nervös an ihrem Ärmel.

»Aber wieso das denn?«, erwiderte Georgia erstaunt. »Ich liebe das Reiten, und die Ponys der Redgrove Farm sind hier glücklich. Außerdem ist Melanie noch die nächsten zwei Wochen fort.« Georgia holte tief Luft. »Ich möchte ja nur eine Erklärung.«

»Die schulde ich dir natürlich.« Josephine seufzte. »Und es tut mir leid, dass du in all das hineingezogen wurdest.«

Sie stand auf, ging durch die Küche und griff nach dem Foto, das Georgia bereits bei ihrem ersten Besuch hier entdeckt hatte. Josephine legte es vor sich auf den Tisch. Erneut bemerkte Georgia, wie sehr Honey und

Lily sich ähnelten – der gleiche schmale Kopf und die lebhaften Augen.

»Das ist Honey«, erklärte Josephine leise. »Sie war Lucys Pony, bevor Lucy zu groß wurde, um Honey selbst zu reiten. Lucy ritt zu der Zeit auch für mich, also schien es naheliegend, dass wir Honey für Alice kauften. So konnte Lucy sie weiter sehen. Lucy und Alice trainierten die Ponys zusammen. Trotz ihres Altersunterschieds waren sie beste Freundinnen. Lucy war für Alice ein großes Vorbild. Jedenfalls erreichten Honey und Alice sehr viel zusammen, sie waren bei allen großen Wettbewerben vertreten und belegten sogar den ersten Platz bei *Pferd des Jahres*. Josephine machte eine Pause und blickte eine Weile nur auf das Foto. »Das war das letzte Mal, dass Alice sie bei einem Wettbewerb ritt, vor … dem Unfall.« Die Worte schienen ihr beinahe im Hals stecken zu bleiben.

Georgia tauschte einen Blick mit Daniel aus. Was auch geschehen war, es schien alle immer noch sehr stark zu beschäftigen. Georgia war heute durch Lucy mit in die Sache hineingezogen worden, und wenn sie weitere zwei Wochen für Josephine reiten sollte, musste sie einfach wissen, was los war. Josephine war das anscheinend auch klar, und so fuhr sie mit leiser Stimme fort.

»Es war Heiligabend. Alice und Lucy wollten zum

Hindernisreiten. Normalerweise hätte ich die beiden nicht alleine losziehen lassen, aber ich war so beschäftigt mit all den Weihnachtsvorbereitungen – letzte Geschenke einpacken, die Familie war auch zu Besuch, ihr wisst ja, wie das ist. Also machten sich die Mädchen zum hiesigen Cross-Country-Parcours auf. Der Boden war in Ordnung, auf keinen Fall vereist, nicht einmal gefroren. Und alle Hindernisse dort befinden sich auf sandigem Untergrund. Es hätte nicht sicherer sein können.« Josephine blickte mit ausdruckslosem Gesicht zu Georgia. »Die Mädchen hatten gescherzt und gelacht – Alice war immer ziemlich wagemutig gewesen, aber gleichzeitig völlig eins mit den Ponys –, und Honey hatte alle Hindernisse so gut genommen, dass sie den größeren Parcours ausprobieren wollten. Ich hatte ihnen zwar gesagt, sie sollten nur die niedrigen Hindernisse springen, doch anscheinend hatte Alice gedacht, sie könnte auch ein paar größere schaffen. Lucy war wohl einverstanden. Sie hielten immer zusammen.«

Georgia lauschte entsetzt und schlug die Hand über den Mund, als Josephine weitererzählte, wie Honey gestürzt und auf die Seite gefallen war … und dabei Alice unter sich eingeklemmt hatte.

Josephines Gesicht war jetzt ausdruckslos. »Der Tierarzt konnte nichts mehr tun«, sagte sie leise.

»Honey hatte bei dem Sturz einen schweren Herzinfarkt erlitten und sich auch noch den Hals gebrochen. Sie starb innerhalb von wenigen Sekunden. Alice steckte unter ihr fest. Sie hatte sich ein Bein gebrochen und einige Schnittwunden im Gesicht erlitten.«

Das erklärt die Narbe auf ihrer Wange, dachte Georgia. Das Ganze war ja noch schlimmer, als sie es sich vorgestellt hatte. Arme, arme Honey und arme Alice und Lucy.

»An die folgenden Tage kann ich mich nur noch verschwommen erinnern«, fuhr Josephine fort. »Alice verbrachte Weihnachten im Krankenhaus. Shelley und Fergus versorgten den Hof, während Alice' Vater und ich an ihrem Krankenbett blieben. Als sie aus dem Krankenhaus entlassen wurde, wollte sie keine Ponys mehr sehen. Sie zerschnitt jedes Foto von Honey, bis auf dieses hier, und kam tagelang nicht mehr aus ihrem Zimmer.« Josephine blickte auf ihre Hände. »Lucy nahm es besonders schwer auf. Sie drehte völlig durch und gab uns die Schuld. Leider verließ sie uns völlig überstürzt, und wir haben seit ewigen Zeiten nichts mehr von ihr gehört. Anscheinend hat sie danach den Boden unter den Füßen verloren, die Schule geschwänzt und sich mit einer üblen Clique eingelassen. Ich habe ihr geschrieben und versucht, mich mit ihr zu verabreden, aber sie wollte nichts davon hören. Sie reitet jetzt für einen anderen Hof. Heute haben wir sie zum ersten Mal wiedergesehen.«

Später, als Georgias Mutter sie abholte und Georgia und Daniel nebeneinander auf dem Rücksitz saßen, redeten sie immer noch über diese entsetzliche Geschichte. Georgia hatte großes Mitgefühl mit allen Beteiligten. Was für ein furchtbarer Unfall! Sie konnte sich nicht vorstellen, wie es wäre, ein geliebtes Pony auf so tragische Weise zu verlieren. In den wenigen Tagen, die sie hier auf dem Hof war, hatte sie bereits gemerkt, wie sehr alle die Tiere liebten und mit ihnen verbunden waren. Es war so traurig, dass Alice nicht mehr reiten wollte. Und am schlimmsten war, dass anscheinend niemand irgendetwas dagegen tun konnte.

Es war inzwischen schon ein paar Tage her, seit Georgia ihre Freundin Emma gesehen hatte, und sie vermisste sie immer mehr, also bat sie ihre Mutter, sie auf dem Heimweg bei ihr abzusetzen.

»Gute Nacht, Dan«, verabschiedete sich Georgia, bevor sie aus dem Auto stieg.

»Nacht, Georgia.« Daniel umarmte sie kurz, und Georgia durchfuhr prompt ein leichtes Kribbeln dabei.

»Nur eine halbe Stunde, Georgia«, mahnte ihre Mutter. »Es war ein langer Tag.«

»Ja, Mum, danke.«

»Was für eine Überraschung!«, rief Emma aus, als Georgia vor ihrer Haustür stand.

Georgia umarmte ihre beste Freundin, die ihr lachend ein paar Strohhalme aus dem Haar zupfte. »Komm rein«, forderte Emma sie auf und führte sie dann ins Wohnzimmer. Emma ließ sich aufs Sofa fallen und klopfte auf den Platz neben sich.

»Erzähl mir alles! Was gibt es Neues?«, fragte Emma.

»Na ja …« Georgia wusste gar nicht genau, wo sie anfangen sollte. »Es sind ein paar echt verrückte Sachen passiert, Em«, sagte sie stirnrunzelnd.

»Aber Lily geht es gut, oder?«, fragte Emma.

Georgia nickte.

»Und was ist mit ihrem niedlichen Fohlen?«

»Ihm geht es auch gut«, antwortete Georgia.

»Das ist ja die Hauptsache«, meinte Emma und atmete hörbar auf. »Oder?«

Georgia merkte, dass sie wohl ziemlich rätselhaft geklungen hatte. »Ja«, bestätigte sie lächelnd. »Es geht um etwas anderes, was bei den Smalleys passiert ist.« Schnell erzählte sie ihrer besten Freundin alles.

Bei einer Tasse heißer Schokolade, mit Emma an ihrer Seite, fiel es Georgia leichter, über die Dinge zu reden, die sie beschäftigten. Emma hörte geduldig und aufmerksam zu und erfuhr so von Lucys Drohungen und den Ereignissen um Honeys tragischen Tod.

»Wenn man die Ponys der Smalleys reitet, merkt man, wie sehr Alice die Tiere geliebt haben muss«, schloss Georgia ihren Bericht. »Ich wünschte nur, ich könnte irgendwie helfen!«

Emma sah nachdenklich drein. »Ach Georgia«, meinte sie vorsichtig, »ich weiß ja, wie gern du immer möchtest, dass alles gut wird.« Sie schaute ihre beste Freundin mitfühlend an. »Aber ehrlich, ich wüsste nicht, was du tun könntest. In nicht einmal zwei Wochen wirst du wieder zurück auf Redgrove Farm sein. Um diese Probleme muss sich Josephine wohl selbst kümmern.«

Georgia sah nachdenklich drein. Vielleicht hatte Emma recht. Aber Georgia war überzeugt, dass es irgendetwas geben musste, was sie tun konnte, um zu helfen. Sie wusste nur noch nicht genau, was es war.

Kapitel elf

Eine Woche später ging es wieder zu einem Wettbewerb, zu dem sie Porridge, ein Connemara-Pony namens Milky, ein Exmoor-Pony namens Toby und Lily mitnahmen.

»Keine Sorge, mein Junge«, hatte Georgia am Morgen Wilson zugeflüstert. »Genieß du deinen Tag entspannt auf der Weide. Das hast du dir verdient.«

Callie hatte sich wichtiggemacht und Wilson angestupst, was Georgia zum Lachen gebracht hatte.

»Wir sind soweit!«, rief Josephine.

Georgia kraulte beide Ponys noch ein letztes Mal, bevor sie zum Transporter rannte. Secret graste auf der Weide und kam gar nicht zu ihr, um sich zu verabschieden. Georgia versuchte, nicht beleidigt zu sein. Sie wusste, dass das Fohlen von Natur aus sehr unabhängig war. Aber manchmal wünschte sie dennoch, Secret würde ihr gegenüber etwas mehr Zuneigung zeigen. Unwillkürlich ging ihr die Frage durch den

Kopf, was Melanie wohl mit ihm machen würde. Sie wusste, dass sie sich darüber Gedanken machen mussten, wenn Melanie aus Frankreich zurück war.

Da die Reitsaison gerade erst angefangen hatte, wurde die Veranstaltung in einem Reitsportzentrum mit Allwetterbahnen abgehalten. Es war ein heller, aber stürmischer Frühlingstag, und der Boden war immer noch stark durchfeuchtet vom nassen Winter. Georgia schauderte, als sie an den stürmischen Tag damals im Oktober zurückdachte – an die Nacht, in der Secret geboren wurde, und Redgrove Farm von einer Überflutung bedroht gewesen war. Gott sei Dank war Daniel da gewesen und hatte vorgeschlagen, alle Ponys zur Farm der Colemans zu bringen.

Heute musste er zu Hause auf der Farm helfen und konnte nicht mitkommen und Georgia zusehen. Sie vermisste ihn – die Fahrten im Transporter waren ohne ihn nicht sehr unterhaltsam.

Ob sie beide es wohl jemals hinbekämen, zusammen ins Kino zu gehen? Während der letzten Woche hatten sie es kaum geschafft, sich zu sehen. Jedes Mal, wenn sie an Daniel dachte, verspürte Georgia so ein Kribbeln im Bauch! Zum Glück hatte sie Lily, der sie ihre Geheimnisse immer anvertrauen konnte.

Genau wie beim letzten Mal kam Georgia am Vormittag kaum zum Nachdenken, so viel war zu tun. Wenn sie nicht in der Arena vor der Jury ritt, wärmte sie ein anderes Pony im Warm-up-Bereich auf oder half Shelley beim Bürsten der Mähnen und Schweife und beim Auftragen des Glanzsprays. Sie ritt Lily gerade am langen Zügel, als ihr beinahe das Blut in den Adern gefror. Da stand dieses Mädchen – Lucy – genau vor ihr. Georgia sah sich panisch um und hoffte, Shelley, Fergus oder Josephine irgendwo zu entdecken, doch vergebens.

Sie hielt Lily an. Plötzlich streckte Lucy die Hand aus und streichelte erst die Nase des Ponys und kraulte sie dann unter dem Kinn. Lily schien nicht nervös oder besorgt zu sein, doch Lucys Augen waren blutunterlaufen, und sie sah erschöpft aus. Sie war ein hübsches Mädchen, hatte aber dunkle Ringe unter den Augen und schwankte leicht, als sie vor Georgia stand. Ihr Haar war verfilzt, und sie sah aus, als hätte sie die ganze Woche kaum geschlafen.

»Honey, ach Honey …«, krächzte Lucy.

»Das ist nicht Honey!«, sagte Georgia so entschieden, wie sie konnte, und zog Lilys Kopf näher zu sich heran.

Lucy lachte bitter und schien aus ihrer Versunkenheit aufzutauchen. »Nein, natürlich nicht. Honey wurde von … diesem Mädchen umgebracht. Vielleicht sollte sie auch erfahren, wie es sich anfühlt, etwas zu verlieren, was man so sehr liebt.«

Der Schmerz, aber auch der Hass auf Lucys Gesicht waren nicht zu übersehen. Georgia wusste nicht, wie sie mit dieser Situation umgehen sollte. Einerseits hatte sie Mitgefühl mit Lucy – das Mädchen hatte mitansehen müssen, wie ihr geliebtes Pony starb. Auf der anderen Seite war es ein furchtbarer Unfall gewesen. Lucy tat ihr leid, aber gleichzeitig fürchtete sie sich vor ihr.

»Honey war meine ganze Welt.« Lucy weinte nun. »Jetzt habe ich nichts mehr«, schluchzte sie, drehte sich um und schwankte davon.

Für das Team der Smalleys verlief die Veranstaltung gut. Porridge gewann in seiner Klasse, und die anderen Ponys erreichten auch einen hervorragenden dritten und fünften Platz. Georgia hatte jedes Pony umarmt und jedem eine Karotte gegeben, nachdem sie stolz die Rosetten an den Halftern festgemacht hatte. Lily hatte in ihrer Klasse erneut gewonnen. Die Zuschauer erkannten sie mittlerweile schon. Georgia war begeistert, aber es fühlte sich irgendwie nicht richtig an, ohne Melanie und Daniel zu feiern. Auf dem Heimweg im Transporter legte Georgia die Rosetten in ihren Schoß. Sie musste heute Abend unbedingt eine Mail an Melanie schreiben und ihr erzählen, wie erfolgreich Lily gewesen war.

Ihr Handy summte – eine Nachricht von Daniel.

Was machst du denn heute noch? Wie wäre es mit Kino? x

Sie überlegte einen Moment, bevor sie zurückschrieb.

Sorry, ich kann heute Abend nicht, komme nicht rechtzeitig zurück. x

Es dauerte ewig, bis Daniel zurückschrieb, und seine Antwort war ziemlich kurz.

Dann ein andermal x

Georgia seufzte und hatte ein schlechtes Gewissen. Sie antwortete noch einmal und überlegte lange, ob sie einen oder zwei Küsse andeuten sollte.

Tut mir echt leid! x

Sie entschied sich für einen, drückte auf Senden und wartete auf das Summen einer Antwort. Doch diesmal antwortete Daniel nicht mehr.

Georgia wusste, dass sie ihm versprochen hatte, mit ihm ins Kino zu gehen, aber sie schaffte es einfach nicht. Es war nicht immer leicht, so ganz dem Reiten verpflichtet zu sein. Sie konnte nur hoffen, dass Daniel sie verstand.

Shelley hing ebenfalls an ihrem Handy und schickte Nachrichten an ihre Freunde, die für andere Gestüte arbeiteten. Plötzlich schrie sie auf und weckte damit Fergus, der mit einer Pferdezeitschrift über dem Gesicht neben ihr eingenickt war,

»Was ist denn?«, fragte er neugierig.

»Es ist wegen Lucy.« Shelley kniff die Augen zusammen und spähte auf das Display ihres Handys. »Eine Freundin hat mir geschrieben, dass Lucy dort, wo sie bisher geritten ist, gefeuert wurde! Und sie schreibt außerdem, dass sie auf Rache aus ist …«

Kapitel zwölf

In den nächsten Tagen lag eine gewisse Anspannung in der Luft, als sich die Neuigkeiten herumgesprochen hatten. Laut Fergus hatte Lucy noch immer die Schlüssel zur Sattelkammer.

»Aber sie würde doch niemals irgendetwas tun, was den Ponys schaden könnte, oder?«, fragte Georgia.

»Ich hoffe nicht«, sagte Shelley. »Aber du hast sie ja selbst erlebt. Sie ist völlig durchgeknallt. Honeys Tod hat sie sehr hart getroffen, und nachdem sie jetzt auch noch ihren Job verloren hat … Es ist immer einfacher, jemand anderem die Schuld zu geben.«

Georgia versuchte, ihre Ängste und Sorgen zu verdrängen. Es dauerte schließlich nicht mehr lange, bis sie zurück auf der Redgrove Farm wäre, und vielleicht hatte Emma ja recht – es war Josephines Sache, das zu klären, nicht ihre, auch wenn sie selbst nun in diese merkwürdige Situation mit Alice und Lucy hineingezogen wurde. So sehr Georgia sich wünschte, helfen zu können, es lag wirklich nicht an ihr, dieses Problem zu lösen.

Als Georgia Secret von der Koppel holte, um mit ihm zu trainieren, bemerkte sie, dass der Riemen seines Halfters eingehakt war. Das war merkwürdig, Georgia ließ den Riemen fast immer offen, wenn sie das Halfter aufhängte, egal wie oft Melanie sie daran erinnerte, ihn einzuhaken. Niemand sonst hatte mit Secret gearbeitet. Und doch hing das Halfter ordentlich da, das Führseil auf eine Weise darumgewickelt, wie nur erfahrene Reiter es machten.

Georgia schüttelte den Kopf und wollte nicht weiter darüber nachdenken. Inzwischen waren alle auf dem Hof ziemlich nervös, aber es gab keinen Grund anzunehmen, dass die Ponys aus Redgrove irgendwie in Gefahr wären. Auch wenn Secret jetzt sicher in seiner Box untergebracht war, blickte er immer wieder neugierig zur Tür, die in die Ställe führte, als erwarte er, dass jeden Augenblick jemand hereinkäme. Trotz des Sonnenscheins und des Vogelgezwitschers fühlte es sich plötzlich so an, als ob ein Schatten auf den Stall fiele.

Georgia tadelte sich selbst für ihre albernen Gedanken und summte stattdessen eines ihrer Lieblingslieder und konzentrierte sich darauf, Secret beizubringen, einen Fuß zum Hufauskratzen zu heben, indem sie mit ihrer Hand sein Bein entlangfuhr. Bisher war Secret immer ziemlich unartig gewesen und hatte spielerisch mit den Hufen gescharrt, wenn sie versuchte, ihn zu unterrichten. Gelegentlich tat er auch einfach so, als wüsste er nicht, was sie von ihm wollte. Diesmal jedoch hob er brav den Fuß und hielt ihn ganz ruhig für sie.

Georgia sah das Hengstfohlen verblüfft an, das ihren Blick gelassen erwiderte. »Braver Junge«, sagte sie zu ihm. »Es ist ja fast, als hätte dir das jemand beigebracht …«

Am Abend klopfte Georgia bei Daniel an die Tür und trat beim Warten unruhig von einem Fuß auf den anderen. Sie hatte heute früher als sonst Schluss gemacht und Daniel auf dem Heimweg eine SMS geschickt und ihn gefragt, ob er Zeit hätte, aber er hatte nicht geantwortet.

Schließlich kam Ben an die Tür. Er sah ziemlich schick aus und trug einen roten Pulli, Jeans und Halbschuhe.

»Hallo, Georgia«, sagte er. »Willst du zu meinem Bruder? Der ist leider nicht da. Hat er dir nicht Bescheid gegeben?«

»Ähm, nein.« Georgia griff nach ihrem Handy. Keine Nachricht. »Ist er denn länger weg«, fragte sie.

»Keine Ahnung.« Ben zuckte mit den Schultern. »Irgendeine Party. Jemand aus eurer Klasse. Becky, glaube ich, oder?«

Georgia schüttelte den Kopf. Sie wusste nichts von einer Party und merkte, wie sich ein Kloß in ihrem Hals bildete.

»Okay«, sagte sie und versuchte, nicht zu beleidigt zu klingen. »Sag ihm einfach, dass ich vorbeigeschaut habe, ja?«

»Klar. Bis die Tage, Georgia«, sagte Ben und schloss die Tür. Niedergeschlagen nahm Georgia ihr Fahrrad und machte sich auf den Weg zu Emma.

Es dauerte nicht lang, mit dem Rad dorthin zu fahren. Bei Emma angekommen, stellte Georgia das Fahrrad ab und klopfte an die Haustür.

»Hey, Georgia!« Emma öffnete die Tür. Sie trug einen paillettenbesetzten Minirock und eine dazu passende Weste und sah einfach umwerfend aus. Das Haar trug sie hochgesteckt.

Georgia lächelte. »Hey, Em. Du hast dich für einen Donnerstag aber ziemlich schick gemacht!«

Emma sah sie verblüfft an. »Ja, ich gehe zu Beckys Party. Gehst du denn nicht hin? Die ganze Klasse ist wahrscheinlich dort …« Emma hielt plötzlich inne, als sie den Ausdruck auf dem Gesicht ihrer Freundin sah. Georgia versuchte, nicht beleidigt zu wirken, und blickte auf ihre Reithose und die Stiefel, die voller Sägespäne waren. »Ähm, nein«, antwortete sie. »Ich weiß nichts davon.«

»Du meinst, Daniel hat es dir nicht gesagt? Er wollte doch … Oh …« Emma sah plötzlich schuldbewusst drein.

»Schon okay, Em.« Georgia war plötzlich ziemlich deprimiert. »Ich hatte bei den Smalleys so viel zu tun, dass ich ihn in letzter Zeit gar nicht gesehen habe. Er hat es wahrscheinlich einfach vergessen.«

»Dann komm doch mit mir?« Emma legte den Kopf zur Seite, und Georgia lächelte müde.

»Ich glaube, ich lass es einfach, Em«, lehnte Georgia ab. »Ich bin sowieso ziemlich kaputt. Geh du nur.«

»Bist du sicher?« Emma sah ihre Freundin besorgt an.

»Klar. Viel Spaß!«, sagte Georgia und drehte sich schnell weg, damit Emma die Tränen nicht sah, die ihr in die Augen stiegen.

Sie fühlte sich ausgeschlossen und war ziemlich durcheinander, als sie auf ihr Fahrrad stieg und nach Hause fuhr. Nachdem sie etwas gegessen hatte, ging Georgia in ihr Zimmer, zog ihren Pyjama an und kletterte ins Bett. Sie war erschöpft, doch statt sofort einzuschlafen, lag sie ewig lange wach, und ihr ging alles Mögliche durch den Kopf. Ob Daniel es wohl satthatte, immer auf sie zu warten? Vielleicht hatte er beschlossen, dass es stattdessen mehr Spaß machte, mit Becky zusammen zu sein. Dabei wurde Georgia bewusst, wie sehr sie Daniel mochte! Was für ein Durcheinander!

Nachdem sie sich stundenlang hin- und hergewälzt hatte, sah Georgia ihr Handy auf dem Nachttisch aufleuchten. Müde nahm sie es in die Hand und las die Nachricht. Sie war von Daniel.

> Tut mir leid, G, Em sagte, du warst enttäuscht, wir reden morgen, ok? PS: Ich dachte, du hättest auf dem Hof zu tun, sorry. x

Georgia war nicht sauer auf Daniel, schließlich hatte er sie schon seit langem ins Kino eingeladen, aber sie hatte nie Zeit. Es war so schwierig, das richtige Gleichgewicht zu finden, um jemandem einerseits zu zeigen, dass man ihn mochte, und gleichzeitig aber cool zu bleiben. Und es machte ihr schon etwas aus, dass sie die Einzige war, die nichts von Beckys Party erfahren hatte. Es war sonnenklar, dass Becky, die zu den beliebten Mädchen an der Schule gehörte, es auf Daniel abgesehen hatte. Ob Daniel wohl nur zur Party gegangen war, weil er einfach etwas unternehmen wollte? Oder mochte er Becky wirklich? Vielleicht hatte er gedacht, dass er für Georgia sowieso nur ein guter Kumpel war. Ach! Es war alles so kompliziert!

Stärker durcheinander denn je, fiel Georgia in einen unruhigen Schlaf.

Kapitel dreizehn

Zum nächsten Wettbewerb mussten sie ein ganzes Stück weiter fahren, was bedeutete, dass Georgia noch früher als sonst aufstehen musste. Der Pferdetransporter würde bereits um vier Uhr morgens losfahren müssen! Das war so zeitig, dass Josephine Georgias Mutter gefragt hatte, ob Georgia nicht vielleicht bei Shelley und den anderen Pferdepflegern übernachten konnte. Georgias Mutter hatte dankbar eingewilligt. Georgia konnte sich nicht erinnern, jemals so früh aufgestanden zu sein. Als sie das Daniel gegenüber erwähnte, lachte der nur.

»Das ist bloß eine Stunde früher, als Dad und ich *jeden Tag* aufstehen, Georgia«, hatte er sie aufgezogen.

Zwischen ihnen war es immer noch ein wenig merkwürdig. Georgia war bewusst, dass sie sich in letzter Zeit nicht genug darum bemüht hatte, ihn zu sehen. Die Ferien waren inzwischen schon zur Hälfte vorbei, und sie hatten es immer noch nicht geschafft, zusammen ins Kino zu gehen. Daniel war nett und freundlich zu ihr, aber ihre früheren Scherze und Neckereien fanden nicht mehr statt.

Georgia seufzte, als sie ihre Übernachtungstasche in Shelleys kleiner Wohnung abstellte, die sich in dem ausgebauten Bereich über den Ställen befand. Sie war ein wenig nervös, denn sie war es nicht gewöhnt, über Nacht von zu Hause weg zu sein. Übernachtungen bei Emma zählten ja nicht wirklich – die Mädchen wohnten im gleichen Ort und gingen seit Jahren im Haus der anderen ein und aus. Natürlich waren da noch die beiden Male, als sie bei Lily im Stall geschlafen hatte – in der ersten Nacht, die das Palomino auf Redgrove verbrachte, und in jener Nacht, in der Secret geboren wurde. Und dann noch ein paarmal, als sie mit ihren Freunden gezeltet hatte. Aber das zählte alles nicht. Das hier war, als sei sie schon erwachsen, denn sie schlief das erste Mal ohne ihre Freunde woanders.

»Hast du alles, was du brauchst, Georgia?«, rief Shelley die Treppe hoch.

»Ja, danke!«, antwortete Georgia höflich.

Die kleine Wohnung unter dem Stalldach war sehr gemütlich, niedrige Holzbalken verliefen durch die Räume. Josephine hatte sich große Mühe gegeben, diesen Bereich mit grünweißgestreiften Vorhängen und gerahmten Pferdefotos wohnlich zu machen. Es ist ja nur für eine Nacht, erinnerte sich Georgia, und da sie schon um drei Uhr morgens aufstehen mussten, war es eigentlich nur eine halbe Nacht. Die Ponys standen bereits geputzt und gestriegelt in ihren Ställen und bedienten sich aus ihren Heunetzen. Ihre Nähe war beruhigend – wenn Georgia das Fenster öffnete, konnte sie die Tiere sogar hören!

»Ich schiebe eine Pizza in den Ofen«, rief ihr Shelley kurz darauf zu. Möchtest du auch etwas?«

»O ja, gern«, antwortete Georgia und merkte plötzlich, dass sie vor Hunger fast umkam. Sie ging ins Wohnzimmer und setzte sich aufs Sofa. Vier Ponys am Tag zu reiten machte jede Menge Appetit!

Nachdem sie ihre Pizza verzehrt hatten, saßen Shelley und sie noch eine Weile auf dem Sofa und sahen zusammen fern. Shelleys kleiner Terrier, Edward, hatte es sich zwischen ihnen gemütlich gemacht.

»Also gut«, meinte Shelley schließlich gähnend mit einem Blick auf ihre Uhr. »Dann sehen wir uns frisch und munter morgen früh.«

»Klar«, sagte Georgia. »Ich gehe auch gleich ins Bett.«

Nachdem sie den Fernseher abgestellt hatten, putzte Georgia sich die Zähne und ging ins Bett. Als sie so dalag, ging ihr alles Mögliche durch den Kopf, und sie konnte nicht einschlafen. Was, wenn Lucy morgen auch wieder auftauchte? Was, wenn sie Lily etwas antun wollte?

Plötzlich blieb ihr der Atem weg. Ein Geräusch war aus dem Stall zu hören. Georgia merkte, wie sich bei ihr die kleinen Härchen an den Armen aufstellten und sie eine Gänsehaut bekam. Sie hielt die Luft an. Shelley schlief tief und fest, und Edward öffnete nur ein Auge, als Georgia auf Zehenspitzen an seinem Körbchen in der Küche vorbeischlich. Er gähnte ausgiebig und zeigte seinen rosagefleckten Bauch.

Georgia legte einen Finger auf ihre Lippen. »Scht«, flüsterte sie dem kleinen Terrier zu. Bestimmt kam das Geräusch nur von einer Eule oder vom Wind, dennoch wollte Georgia sicherheitshalber nachsehen. Sie zog ihre Reitstiefel über ihre Pyjamahose und schlüpfte in ihre Jacke, bevor sie leise die Tür öffnete und in den Hof hinausschlüpfte. Die Ponys schliefen größtenteils – entweder stehend oder liegend. Ein oder zwei regten sich, doch die meisten bemerkten Georgia gar nicht, als sie an ihnen vorbei zu der Ecke des Stalls ging, wo die Tiere von Redgrove untergebracht waren. Lily wieherte leise, als Georgia auf sie zukam.

Sie schlich sich noch etwas näher und war erleichtert, als sie sah, dass Lily nicht nervös wirkte. Sie schnaubte, als Georgia zu ihr trat.

»Hallo, meine Schöne«, flüsterte Georgia.

In diesem Augenblick hörte Georgia ein Geräusch aus Secrets Box. Sofort spielten sich die unterschiedlichsten Szenarien in ihrer Vorstellung ab. War es Lucy, die eines der Ponys stehlen wollte? Oder wollte sie den Tieren womöglich sogar etwas antun? Georgia merkte, wie sich Wut in ihr aufbaute, während sie sich vorsichtig näher schlich und über Lilys Stalltür spähte, um über die Trennwand in Secrets Box hinüberblicken zu können.

Unwillkürlich entfuhr ihr ein Seufzer. Secret stand völlig still, von seiner üblichen Unruhe und seinem Übermut war nichts zu bemerken, doch neben ihm stand eine schmale Gestalt, die Arme um seinen Hals gelegt. Die Augen des Mädchens waren geschlossen. Es war Alice!

Georgia sah zu, wie das Mädchen seinen graumelierten Hals streichelte und sich gar nicht bewusst war, dass sie beobachtet wurde. Georgia fühlte sich unwohl, als störe sie etwas besonders Schönes und Intimes, und ihr Herz klopfte schneller.

»Alice«, flüsterte sie ganz leise, um das Mädchen nicht zu erschrecken.

Alice zuckte zusammen und öffnete die Augen. Wie unter einem Schlag wich sie zurück, was Secret, der auf diese plötzliche Bewegung nicht vorbereitet war, veranlasste, vor Schreck mit den Vorderhufen in die Luft zu steigen. Alice entfuhr ein kleiner Schrei.

»Schon gut, alles gut ...« Blitzschnell war Georgia in der Box des Hengstfohlens, um es zu beruhigen. Mit wenigen Schritten schob sie sich zwischen das erschreckte Pony und das junge Mädchen. Dann drehte sie sich zu Alice, die jetzt in der Stallecke kauerte.

»Bitte«, flüsterte Alice, »verrate es nicht meiner Mum. Sie würde sich nur Sorgen um mich machen, dass ich in der Nacht noch hier draußen bin.«

Georgia nickte und hatte sofort Mitgefühl mit ihr. »Keine Sorge«, versicherte sie ihr. »Ich sage nichts.« Sie runzelte die Stirn. »Aber was machst du denn eigentlich mitten in der Nacht hier?«

Nachdem Secret sich wieder beruhigt hatte, kam Alice aus ihrer Ecke hervor und streichelte sanft die Nase des Fohlens. »Seit deine Ponys hier sind, komme ich jede Nacht hierher,« gestand sie verlegen. »Zuerst, weil ich dachte, Lily sei H... Honey.« Sie stockte, als sie den Namen ihres Ponys aussprach. »Nach einer Weile ... wurde mir bewusst, dass sie es nicht ist, aber mir wurde auch klar, wie sehr ich die Ponys vermisste. Lily hat es geschafft, dass ich wieder ruhiger und mutiger wurde. Und dann, als ich mich wieder gefangen hatte, fing ich an, Secret zu streicheln. Als er auf mich reagierte, begann ich, ihm Sachen beizubringen.«

»Wie zum Beispiel, seinen Fuß zu heben und stillzuhalten?«, fragte Georgia, und alles ergab plötzlich einen Sinn.

Alice nickte. »Entschuldige bitte, Georgia.«

»Schon in Ordnung«, antwortete Georgia lächelnd. »Eigentlich bin ich eher beruhigt. Weißt du, ich dachte ...« Sie hielt inne, denn sie wollte dann doch nicht aussprechen, dass sie befürchtet hatte, Lucy hätte etwas Böses im Sinn.

Alice lächelte. »Er ist einfach so toll, weißt du«, sagte sie und machte noch einen Schritt auf Secret zu, der daraufhin seine Ohren spitzte und seine Nase in Alice' Ellenbeuge schob. Sie lachte leise und kraulte ihn hinter den Ohren, während er vor Wohlbehagen seine Unterlippe hängen ließ. Georgia hatte Secret noch nie so anhänglich gesehen.

Sie ignorierte den klitzekleinen Anflug von Eifersucht, der in ihr aufstieg und sagte Alice gute Nacht. Alice wiederum versprach, auch gleich wieder ins Bett gehen. Danach schlich sich Georgia zurück in Shelleys Wohnung und dachte über das nach, was sie gerade erlebt hatte. Es war unglaublich. Die starke Verbindung, die zwischen Alice und Secret entstanden war, war nicht zu übersehen.

Kapitel vierzehn

Georgia hielt ihr Wort und erzählte Josephine nichts von Alice. Es blieb ihr Geheimnis. Alice mied die Ställe tagsüber weiterhin, doch Georgia wusste, dass sie Secret nachts besuchte, wenn alle anderen schliefen. Einmal merkte sie es daran, dass seine Mähne seidiger war als sonst und wohl mit einem Glanzspray behandelt worden war. Ein anderes Mal hatte Alice seine Mähne in ordentliche Zöpfe geflochten. Eines stand fest – er war glücklich und entspannt und genoss die besondere Aufmerksamkeit.

Ein paar Tage später war Georgia gerade auf dem Weg zur Sattelkammer, um Lachlans Zaumzeug wegzuräumen. Außerdem wollte sie ihr Handy holen, um ihrer Mutter eine SMS zu schicken, dass sie bald abgeholt werden konnte. Es war sonst keiner da, nur sie selbst und die Ponys, die entweder im Stall waren und sich zufrieden aus ihren Heunetzen bedienten oder draußen auf den Weiden grasten, die Schweife in ständiger Bewegung, um die Fliegen fernzuhalten. Georgia wusste nicht genau, warum, aber irgendetwas veranlasste sie, noch einmal nach den Redgrove-Ponys zu sehen. Secret war den ganzen Tag über unruhig gewesen, und sie wollte sich überzeugen, dass alles in Ordnung war.

Sie blickte über die Koppeln, konnte jedoch nur Wilson und Callie entdecken. Wo waren Lily und Secret? Auf jeden Fall nicht in ihren Boxen. Georgia spähte mit zugekniffenen Augen gegen die späte Nachmittagssonne, und langsam machte sich Panik in ihr breit. Sie schaute sich immer weiter um, entdeckte jedoch kein Anzeichen der beiden Ponys.

Georgia merkte, wie es sie abwechselnd heiß und kalt überlief. Mit klopfendem Herzen kletterte sie über den Weidezaun und rannte zu den Unterständen.

»Bitte, bitte, lass sie dort sein ...« Sie kreuzte die Finger, während sie vor den Unterständen stehen blieb. Doch von Lily und Secret war nichts zu sehen. Wilson betrachtete sie neugierig, und Callie wieherte zur Begrüßung.

»O mein Gott!« Georgias Herz raste inzwischen. Sie konnte nicht mehr klar denken, und es kam ihr gar nicht in den Sinn, Hilfe zu holen. Stattdessen rannte sie, so schnell sie konnte, zurück in die Sattelkammer und verfluchte ihre Reitstiefel, in denen sie nicht so schnell laufen konnte wie in Turnschuhen. Sie schnappte sich die Halfter der Ponys und einen Eimer mit Futter, bevor sie die Einfahrt hinter den Koppeln hinunterrannte.

Vielleicht hatte Secret es irgendwie geschafft, über den Zaun zu springen, und Lily hatte ihn beschützen wollen und war ihm gefolgt? Aber was, wenn jemand sie absichtlich herausgelassen hatte? Josephines Zäune waren in gutem Zustand, und Georgia hatte Secret noch nie zuvor springen gesehen. Die Hauptstraße war nicht weit entfernt, und vor Georgias geistigem Auge spielten sich bereits entsetzliche Szenen ab.

»Bitte, lass sie beide gesund sein. Bitte, lass sie gesund sein …«, murmelte sie immer wieder vor sich hin. Ihr Atem ging abgerissen und ihre Lungen brannten, während sie mit wehenden Haaren immer schneller rannte und unablässig Lilys Namen rief. Schluchzend erreichte sie die obere Koppel. Dahinter lag die vielbefahrene Hauptstraße, deren Verkehr in der Ferne bereits zu hören war.

»Lily, Secret, wo seid ihr?« Georgias Stimme klang wie ein raues Schluchzen. *Bitte lass sie nicht fort sein!* Nicht nach all dem, was sie bereits durchgemacht hatten.

Georgia stieg über den Zaun und kämpfte sich durch das dichte Gestrüpp hinter den gepflegten Koppeln. Die Gegend dort war von dichten Hecken und tiefen

Gräben durchzogen. Georgia betete, dass Secret nicht in einen solchen Graben gefallen war. Da er immer noch nicht ganz sicher auf den Beinen war, war dies durchaus eine Möglichkeit. Plötzlich hörte sie ein entferntes Wiehern.

»Lily!«

Ohne auf die Äste und Zweige über sich zu achten, rannte Georgia blindlings in die Richtung, aus der das Geräusch gekommen war. Das Wiehern wurde dringlicher und jämmerlicher.

Lily stand in einer kleinen Lichtung, ihr Fell war schweißbedeckt, und sie scharrte mit den Hufen und stieg auf die Hinterbeine.

»Ruhig, mein Mädchen, ganz ruhig ...« Georgia versuchte, die aufgeregte Stute zu beruhigen. »Wo ist denn dein Kleiner, meine Süße?«

In diesem Moment entdeckte sie zu ihrem Entsetzen das rötlichgraue Hengstfohlen, das darum kämpfte, aus einem der tiefen, mit Wasser gefüllten Gräben herauszukommen. Voller Sorge kletterte Georgia hinunter zu dem Fohlen, das verzweifelt versuchte, die steilen Wände des Grabens hochzuklettern.

Erst auf den zweiten Blick bemerkte Georgia, dass sie nicht alleine waren. Neben Secret lag jemand mit einem schlimm verdrehten Bein und schmerzverzerrtem Gesicht.

»Lucy?«, rief Georgia aus, als das Mädchen das Gesicht hob. Heftige Wut durchfuhr Georgia. »Du warst das?«, schrie sie aufgebracht, doch Lucy schüttelte den Kopf und bemühte sich zu antworten.

»Georgia, nein, ich war das nicht, bitte, glaub mir …« Ihre Stimme, schwach vor Schmerzen, klang ehrlich, und sie sah aus, als leide sie Höllenqualen.

Georgia schluckte ihre Wut hinunter und überlegte fieberhaft. Es lief ihr eiskalt über den Rücken, als ihr klar wurde, dass ihr Handy genau da war, wo sie es zurückgelassen hatte – in ihrer Tasche in der Sattelkammer. Sie hätte es mitnehmen sollen, als sie die Halfter geholt hatte. Am liebsten hätte sie sich selbst geohrfeigt. Lucy brauchte einen Sanitäter, und irgendwie musste Secret aus dem Graben befreit werden.

»Okay«, sagte Georgia und näherte sich Lucy. Sie zog ihre Jacke aus, um sie um die Schultern des verletzten Mädchens zu legen. »Ich muss zurück, um Hilfe zu holen.«

»Nein … nein … bitte, lass mich nicht allein«, stieß Lucy hervor, und plötzlich sah Georgia auch, warum.

Während Secret sich bemühte, sich zu befreien, schlug er mit den Hinterbeinen aus. Dabei kam er Lucy so nahe, dass die Gefahr bestand, sie böse zu verletzen. Georgia musste das Fohlen beruhigen, um Lucy zu retten, doch sie war wohl kaum stark genug, um das Mädchen aus der Reichweite des Fohlens zu ziehen, und außerdem war das Ufer viel zu steil. Schweiß tropfte von ihrem Gesicht, und sie presste die Finger gegen ihre Stirn, während sie fieberhaft überlegte und versuchte, dabei ruhig zu bleiben. In diesem Moment war, wie ein Wunder, eine dünne Stimme zu hören, die ihren Namen rief.

Georgias Augen weiteten sich. »Alice?«, antwortete sie. »Alice, bist du das? Wir sind hier!« Josephines Tochter musste Georgia gefolgt sein, als sie aus dem Hof gerannt war.

Alice kämpfte sich durch das Gebüsch und Unterholz, und ihre Augen wurden vor Entsetzen groß, als sie sah, was los war. Sie wurden noch größer, als sie Lucy entdeckte, die ganz in der Nähe von Secret am Ufer lag.

Georgia konnte ihre Gedanken lesen und schüttelte den Kopf. »Ich glaube nicht, dass Lucy die Ponys herausgelassen hat.« Georgia wusste nicht genau, warum, aber aus irgendeinem Grund glaubte sie Lucy.

Alice nickte. Zum ersten Mal kam Georgia sich richtig erwachsen vor. Normalerweise waren es Melanie oder ihre Mutter, vielleicht auch noch Daniel, die Verantwortung übernahmen. Diesmal war sie auf sich gestellt und musste alleine eine Lösung finden. Lucy und Secret waren beide in ernsthafter Gefahr. Georgia musste auf jeden Fall Hilfe holen und atmete tief durch.

»Okay, Alice«, sagte sie und versuchte, ganz ruhig und normal zu klingen. »Kannst du hier bei Secret bleiben und dafür sorgen, dass er sich still verhält? Ich werde auf Lily zurück zur Farm reiten, um Hilfe zu holen.«

Alice' Gesicht wurde kreidebleich, als sie verstand, worum Georgia sie bat. Secret musste ruhig bleiben, damit er weder Lucy noch sich selbst verletzte, doch im Augenblick schlug er immer wieder aus, so dass das unmöglich schien. Dennoch nickte Alice tapfer, während sie sich auf die Lippen biss.

»Am besten vielleicht hier, siehst du …« Georgia zeigte Alice, wohin sie sich setzen sollte, damit sie nicht in Gefahr war, aber gleichzeitig Secret beruhigen konnte.

Sobald das Fohlen Alice sah, hörte es auf, auszuschlagen und zu kämpfen. »Ist schon gut, mein Junge, ist schon gut …« Alice zitterte, als sie sich neben ihn setzte.

Georgia nahm die Gelegenheit wahr, um Lucy hochzuziehen, so dass diese jetzt sitzen konnte, und legte ihr vorsichtig die Jacke um ihre Schultern.

»Danke.« Lucy lächelte schwach, und man sah, dass sie aufgrund des Schocks zitterte.

Alice konzentrierte sich darauf, mit Secret zu sprechen. Sanft streichelte sie seine Nase und hörte nicht auf, mit ihm zu reden. Seine Ohren zuckten und seine bernsteinfarbenen Augen, die Lilys Augen so ähnelten, blieben stets auf Alice gerichtet.

Georgia drehte sich zu Lily. »Jetzt kommt es auf uns beide an, meine Allerbeste!«

Wie jede Mutter es getan hätte, zögerte Lily verständlicherweise, ihr Fohlen in solcher Gefahr zurückzulassen. Sie stupste mit der Nase gegen Georgias Handfläche, war ungewöhnlich unruhig und schnaubte laut.

»Komm schon, meine Süße, alles wird gut, ich verspreche es.«

Nachdem sie dem Palomino das Halfter umgelegt hatte, schwang Georgia sich hoch auf seinen Rücken. Sie fasste das Führseil, bevor sie Lily mit ihren Beinen in die andere Richtung bewegte.

Die Stute bäumte sich einmal kurz auf, als verstünde sie den Ernst der Lage, dann galoppierte sie los. Georgia griff mit den Händen in Lilys helle Mähne. Sie entschloss sich, die kürzeste Route zurück zum Hof zu nehmen, geradewegs über die Koppeln, selbst wenn Zäune im Weg waren, denn sonst müssten sie den langen Umweg über Zufahrtswege und Straßen nehmen. Doch es war keine Minute zu verlieren!

Kapitel fünfzehn

Beim Galopp über die Felder spürte Georgia den Wind auf ihrem Gesicht. Als hätte Lily Flügel, legte sie die Strecke im Handumdrehen zurück und sprang, ohne zu zögern, über die Zäune zwischen den Koppeln. Georgia hielt sich an ihrer Mähne fest und dankte Melanie insgeheim für die zahllosen Unterrichtsstunden, in denen sie ihr beigebracht hatte, ohne Steigbügel zu reiten. So leicht und zierlich, wie Georgia war, konnte sie sich tief über Lilys Widerrist beugen, und bald waren sie auch schon zurück am Hof. Wilson wieherte laut, während Callie den Zaun entlangtrottete und ihre Freundin neugierig beäugte.

Georgia ließ sich von Lily heruntergleiten und hämmerte an die Tür der Stallwohnung, in der sie, wie sie wusste, Fergus finden würde.

»Fergus ... Fergus!«, rief Georgia atemlos. »Wir brauchen einen Krankenwagen und die Feuerwehr! Schnell, bitte!« Georgias Stimme überschlug sich.

Nachdem der Pferdepfleger an die Tür gekommen war, reagierte er sofort und drückte die Tasten seines Handys.

»Es geht um Secret ... und ... um Lucy«, erklärte Georgia, sobald Fergus die Nummern gewählt hatte. »Sie sind verunglückt und können sich nicht mehr bewegen! In einem Graben hinter der oberen Koppel ...«

Fergus gab die Information am Telefon weiter, bevor er das Handy zuklappte. »Sie sind auf dem Weg. Und du erzählst mir jetzt am besten alles«, sagte er grimmig.

»Dafür ist keine Zeit!«, antwortete Georgia, während sie sich wieder auf Lily schwang und wendete. »Außerdem weiß ich gar nicht alles. Komm einfach mit, so schnell du kannst.«

Fergus rannte zur Scheune, wo das Quad stand. Er setzte sich darauf und folgte Georgia, die auf Lily aus dem Hof galoppierte.

Sobald Georgia die obere Koppel erreicht hatte, ließ sie Lily langsamer gehen. Es half weder dem Fohlen noch Lucy, wenn sie bei ihrer Rückkehr Secret aufschreckten.

Schließlich glitt Georgia von Lilys Rücken und führte das Pony so leise wie möglich zu der Stelle, wo Secret lag – voller Angst, was sie wohl vorfinden würde.

Zu ihrer Erleichterung war Secret ganz ruhig. Der Anblick, der sich ihnen bot, war verblüffend. Alice saß bei ihm, hatte seinen Kopf auf ihrem Schoß und sprach in einem Singsang beruhigend auf ihn ein. Lucy hatte es geschafft, sich selbst ein Stück weiter das Ufer hochzuziehen und saß, eingewickelt in Georgias Jacke, in sicherem Abstand da. Secret schlug nicht länger um sich, sondern wartete ruhig und geduldig auf Hilfe. Seine hübschen rötlichbraunen Wimpern hielt er gesenkt und sein rötlichgraues Fell war blutig zerkratzt.

»Wie hast du es nur geschafft, dass er so ruhig ist?«, flüsterte Georgia und kauerte sich neben sie. Alice lächelte und streichelte Secrets Nase. Ihre Hände zitterten nicht mehr. »Ich habe einfach mit ihm geredet«, flüsterte sie. »Ich habe ihm versprochen, dass ihr ihm helfen würdet, und er verstand es. Ich sagte ihm, dass ich ihn nicht verlieren will, wie ich Honey verloren habe …« Sie zuckte mit den Schultern und brach ab.

Georgia nickte. Zu ihrer großen Erleichterung konnte sie jetzt aus der Ferne das Heulen von Sirenen hören. Plötzlich fühlte sie sich schwach und erschöpft und ließ nur allzu gern die Profis übernehmen. Innerhalb von Minuten hatten Sanitäter Lucy auf eine Liege gehoben, festgeschnallt und einen Tropf an ihrem Arm angebracht. Sie gaben ihr eine Sauerstoffmaske, die sie von ihrem Mund hob, als sie an den Mädchen vorbeigetragen wurde.

»Alice«, sagte sie schwach. »Bitte, glaub mir. Ich hab das nicht gemacht.«

»Ich weiß«, sagte Alice schlicht und sah sie geradewegs an. »Du liebst Ponys genauso sehr wie ich.«

Die beiden Mädchen sahen einander noch einen Moment lang an, unausgesprochene Worte hingen in der Luft, bevor Lucys Bahre in den Krankenwagen geschoben wurde. Als Nächstes musste nun Secret aus dem Graben befreit werden.

Die Feuerwehrleute arbeiteten im Team und befestigten vorsichtig, aber zügig Riemen für einen Flaschenzug um Secret. Das Fohlen zitterte, als die Riemen um seinen Bauch festgezurrt wurden. Lily wieherte leise, als wolle sie alle bitten, vorsichtig mit ihrem Fohlen umzugehen.

Ein anderer Feuerwehrmann legte eine große Plane auf den Boden. Als er Georgias fragenden Gesichtsausdruck bemerkte, erklärte er ihr, dass diese Plane das Fohlen vor Steinen oder Dornen bewahren würde, sobald es herausgehoben wurde. Alice war an Georgias Seite, und instinktiv griff Georgia nach ihrer Hand.

»Es kommt doch alles wieder in Ordnung mit ihm, oder?«, flüsterte Alice.

»Klar«, antwortete Georgia und klang sicherer, als sie sich fühlte, während sie zusah, wie die Feuerwehrleute die Seile an Fergus' Quad befestigten. Wenn Fergus langsam losfuhr, würden die Feuerwehrleute gleichzeitig Secret hochziehen.

Fergus ließ den Motor an und fuhr ganz sachte vorwärts, und Secrets Körper wurde, gesichert durch die Seilwinde, aus dem Graben gehoben. Die Männer mussten ihre ganze Kraft einsetzen, aber Secret wehrte sich nicht, denn Georgias und Alice' Gegenwart schien ihn zu beruhigen. Mit einer letzten großen Anstrengung wurde er aus dem Graben heraus auf die Plane gehoben. Sobald die Männer die Riemen abmachten, kämpfte sich Secret auf die Beine, schüttelte sich wie ein Hündchen und stieß ein Wiehern in Lilys Richtung aus, die als Antwort ein erleichtertes Schnauben von sich gab.

»Danke, vielen Dank!« Sowohl Georgia als auch Alice umarmten sogleich das tapfere Fohlen, das seinen flauschigen Schweif schlug und nacheinander jedes Bein streckte, als versuche es vorsichtig herauszufinden, ob noch alles heil war. Fergus telefonierte bereits mit Josephine, um ihr zu berichten, was passiert war.

Erstaunlicherweise schien der tapfere Secret völlig unbeeindruckt von seinem Abenteuer, trotz der Kratzer, die er abbekommen hatte. Stattdessen stieß er suchend mit der Nase gegen Georgias Taschen, für den Fall, dass sie ein Leckerli für ihn dabeihatte.

Die Männer lachten alle. »Der Kleine ist ja eine echte Marke, was?«

»Ja«, antwortete Georgia lachend. »Ich habe das Gefühl, dass das nicht das letzte Mal war, dass er sich in Schwierigkeiten gebracht hat!« Sie streichelte Secrets Hals und wurde wieder ernst. »Ich kann Ihnen allen gar nicht genug danken!«

»Kein Problem, gern geschehen«, antwortete einer der Männer und drehte sich zurück zum Feuerwehrauto. »Es schadet nicht, wenn wir unser Training auch manchmal in der Praxis anwenden können.«

»Meine Frau wird von der Geschichte begeistert sein, wenn ich das heute Abend erzähle«, meinte ein anderer. »Und jetzt kümmert euch nur um den kleinen Kerl.«

Und sobald sie sich vergewissert hatten, dass Fergus die Mädchen und die Tiere sicher zum Hof zurückbegleitete, packten die Feuerwehrmänner ihre Riemen und die Seilwinde wieder ein und rückten ab. Lily ging hinüber zu Secret und liebkoste ihn, während Fergus die Beine des Fohlens abtastete, um sich zu vergewissern, dass nirgends eine Beule oder eine auffällig heiße Stelle war, die auf eine größere Verletzung hindeutete.

»Tja, er ist nicht lahm, und die Schnitte und Kratzer sind nur oberflächlich«, stellte er verblüfft fest. »Ich glaube, er braucht nicht einmal einen Tierarzt. Man könnte sagen, er ist ein richtiges Glückspony.«

Kapitel sechzehn

Nachdem Fergus hinsichtlich Secrets Zustand beruhigt war, konnten Georgia und Alice die Ponys zurück zum Hof führen. Lily liebkoste ihren übermütigen Sohn immer wieder. Alice lief glücklich neben ihm und zeigte keine Anzeichen von Unsicherheit, sondern schlang wie selbstverständlich einen Arm um seinen Hals. Eine Weile sagte niemand etwas.

»Ich hoffe, Lucy wird auch wieder gesund«, meinte Alice dann, und die Sorge war ihr vom Gesicht abzulesen.

»Bestimmt«, beruhigte Georgia sie. »Das Bein ist wahrscheinlich gebrochen, aber die Ärzte kümmern sich ja jetzt um sie. Ich wüsste nur gern, was sie eigentlich dort gewollt hat.«

»Ja«, sagte Alice zögernd. »Ich glaube, sie hat noch eine ganze Menge zu erklären.«

Als sie den Hof erreichten, wurden sie von einem regelrechten Begrüßungskomitee erwartet. Josephine hatte sich nach Fergus' Anruf sofort auf den Weg gemacht – gerade fuhr ihr Wagen durch das schmiedeeiserne Tor, ihr Gesicht war kreidebleich vor Sorge. Georgias Mutter und Daniel waren ebenfalls da.

»Wir haben uns Sorgen gemacht«, erklärte Daniel. »Ich konnte dich auf dem Handy nicht erreichen, also habe ich bei deiner Mum angerufen. Weil sie auch nichts von dir gehört hatte, beschlossen wir, gleich herzukommen.« Er sah so beunruhigt aus, dass Georgia unwillkürlich ganz warm ums Herz wurde.

»Georgia, warum hattest du denn dein Handy nicht dabei?«, schimpfte ihre Mutter, während Josephine aus dem Wagen sprang und zu Alice hinüberlief.

»Was genau ist denn passiert?«, fragte sie, wobei sie verblüfft feststellte, dass ihre Tochter wie selbstverständlich das Fohlen führte. Sie drehte sich zu Georgia, die sich inzwischen ziemlich erschöpft fühlte. Georgia nickte dem jüngeren Mädchen zu. »Na los, erzähl du.«

Daniel half Georgia dabei, Secret und Lily in den Stall zu bringen. Alice ging mit ihrer Mutter ins Haus. Lily war immer noch ein wenig aufgeregt und besorgt um ihr Fohlen, das jedoch nur an die nächste Mahlzeit dachte. Fergus brachte ein Spezialfutter, das er für Secret angemischt hatte und das Elektrolyten enthielt, für den Fall, dass das Fohlen unter Schock stand, und um eventuell verlorene Mineralstoffe zu ersetzen. Das

Hengstfohlen verschlang alles hocherfreut und wieherte zufrieden, als es von seinem Futtereimer aufsah.

»Wir glauben nicht, dass Lucy daran schuld war, Mum«, sagte Alice zu Josephine, als sie wieder aus dem Haus kamen, um nach den Ponys zu sehen. »Sie will vorbeikommen und alles erklären, sobald sie aus dem Krankenhaus entlassen wird. Aber ich bin jetzt schon ziemlich sicher, dass sie Secret nur helfen wollte.«

Josephine drehte sich zu Georgia. »Was denkst du denn?«

Georgia zuckte mit den Schultern. »Ich kann nicht sagen, warum, aber ich habe ihr auch geglaubt.«

»Kannst du hier sein, wenn sie kommt?«, fragte Alice Georgia.

Georgia nickte. Sie war erschöpft und total verdreckt, außerdem schmerzte jeder Knochen, und ihr Kopf fühlte sich an, als wolle er gleich explodieren. Am heutigen Tag war so unglaublich viel passiert, dass sie dringend darüber nachdenken musste – nicht nur über Secrets Rettung, sondern auch darüber, dass Daniel mit ihrer Mutter extra hergekommen war, um nach ihr zu sehen. Es war unübersehbar, dass er sich ernsthaft um sie gesorgt hatte. Alles hatte sich zum Guten gewendet, aber jetzt war sie so kaputt, dass sie nur noch nach Hause und in ihr Bett wollte!

Kapitel siebzehn

Ein paar Tage später humpelte Lucy mit einem Gipsbein in den Hof. Ihr dunkelbraunes Haar war in einem ordentlichen Pferdeschwanz zurückgebunden, und sie sah ruhig und vernünftig aus – völlig anders als das ungepflegte, wütende Mädchen, das Georgia vor nicht allzu langer Zeit kennengelernt hatte. Die Ponys wieherten erfreut, als sie ihre alte Freundin erkannten, die sie im Gegenzug alle mit einer Umarmung und Tränen in den Augen begrüßte.

»Sie vermissen dich«, stellte Alice, die neben ihrer Mutter stand, schüchtern fest. Georgia bemerkte, dass sie zum ersten Mal Reitkleidung trug – eine schöne dunkelblaue Reithose und einen Blouson.

»Ich habe sie auch unglaublich vermisst«, gestand Lucy und schien überwältigt. Sie blickte schüchtern zu Josephine, die ihr wiederum einen aufmunternden Bick zuwarf, und Lucy begann mit ihrer Erklärung. »Als Honey uns verlassen hat …« Sie zögerte. »Na ja, ich wollte einfach nie mehr an sie erinnert werden.«

»Das verstehe ich«, warf Alice ein, die noch sehr gut wusste, wie sie selbst alle Fotos zerschnitten hatte. »Mir ging es ganz genauso.« Josephine legte tröstend eine Hand auf die Schulter ihrer Tochter.

Lucy stand jetzt vor Secrets Box, und als sie seine Nase streichelte, sah er sie aufmerksam an.

Georgia konnte es nicht mehr erwarten, Einzelheiten zu den Geschehnissen zu hören. »Also, wie ist es denn nun genau dazu gekommen, dass du mit ihm im Graben gelandet bist?«

Lucy holte tief Luft und tätschelte Secrets Hals. »Ich weiß, ich hätte an dem Tag eigentlich nicht hier sein dürfen, aber ich wusste, dass Josephine beim Komiteetreffen war.« Sie klang schuldbewusst. »Ich hatte auch wirklich nichts Böses im Sinn. Alles, was ich wollte, waren Honeys Papiere und Fotos. Ich konnte mir denken, wo sie sein würden – im Tresor in der Sattelkammer –, und von dem weiß ich auch immer noch den Code.« Sie ließ den Kopf hängen. »Natürlich schaffte ich es auch, mich anzuschleichen, ohne dass es jemand bemerkte.«

»Und dann?«, fragte Georgia.

»Na ja, ich bin nicht einmal zur Sattelkammer gekommen«, fuhr Lucy fort. »Als ich über den Zaun klettern wollte, bemerkte ich ein Fohlen, das oben auf der Weide herumgaloppierte, als sei es von irgendetwas erschreckt worden oder so. Dann entdeckte ich das andere Pony hinter ihm. Das Fohlen hatte Angst, und die Palomino-Stute wollte es zurücklocken. Ich versuchte, es aufzuhalten und rief: ›Ho Ho!‹, aber es war zu spät, sie sprangen beide bereits über den Zaun weiter oben, noch bevor ich bei ihnen sein konnte.«

Sie machte eine Pause und schauderte bei der Erinnerung. »Das Fohlen versuchte dann, über einen der Gräben zu springen, aber es war zu klein und schätzte die Entfernung wohl falsch ein. Die Stute blieb glücklicherweise am Rand stehen. Ich beobachtete, wie der Kleine stürzte, und konnte nichts dagegen tun. Zuerst dachte ich, er sei tot, genau wie Honey, aber als ich dann sah, dass er nur feststeckte, wollte ich hinunterklettern, um ihm zu helfen. Er war ganz unten im Wasser. Ich konnte mit der Hand seine Mähne fassen und versuchte, ihn herauszuziehen, aber er war so in Panik, dass er gegen alles ankämpfte und mir einen Stoß gegen das Bein verpasste. Ich hörte das Knacksen, aber ich konnte ihn doch nicht ertrinken lassen. Schließlich schaffte er es, ein Stück herauszukommen, aber eben nur halb das Ufer hoch, dann wurde es zu steil. Und da hast du uns gefunden.«

»Ich denke, ich weiß, was passiert ist«, sagte Josephine grimmig. »Seht ihr das?« Sie streckte die Hand aus und zeigte einen kaputten Torriemen. »Das war anscheinend Secret«, erklärte sie. »Er muss selbst das Gatter aufgemacht haben, doch dann hat ihn etwas erschreckt … vielleicht ein Kaninchen oder etwas Ähnliches. Er ist wirklich ein übermütiges Kerlchen, ihn muss man immer gut im Auge behalten!«

»Also hast du … ihn in Wirklichkeit gerettet«, sagte Alice leise zu Lucy und nahm den kaputten Riemen aus der Hand ihrer Mutter. »Ich schulde dir was – auf ewig.«

Lucy schüttelte den Kopf. »Ich habe bloß das getan, was du auch getan hättest. Und ich war einfach im richtigen Moment da.« Sie schwieg einen Moment. »Vorher, da … da war ich absichtlich gemein zu dir, nach dem, was mit Honey passiert war. Ich habe blöde SMS geschickt und stand ziemlich neben mir. Aber mir ist inzwischen klargeworden, dass du Honey genauso sehr geliebt hast wie ich.«

Georgia drehte sich zur Seite. Es war ihr peinlich, ein so persönliches Gespräch mitanzuhören. Heiße Tränen rannen über Alice' Wangen. »Ich vermisse sie so sehr«, schluchzte sie. »Honey war meine allerbeste Freundin.«

»Mir ist jetzt bewusst, dass es ein Unfall war«, fuhr Lucy leise fort und legte einen Arm um Alice. »Ich habe ja auch den Bericht des Tierarztes gesehen und weiß, dass sie an einem Herzinfarkt starb und du nichts hättest tun können. Aber ich war einfach so wütend, dass ich irgendjemandem die Schuld geben wollte. Es tut mir leid, Alice. Es tut mir leid, Josephine. Ich verstehe, wenn ihr mir nicht verzeihen könnt.«

Josephine tätschelte Lucys Schulter. »Aber natürlich verzeihen wir dir.« Sie streckte den Arm aus, zog Lucy in eine Umarmung und lächelte sie freundlich an. »Und da ist ein ganzer Stall voll Ponys, die dich alle vermisst haben, dich und Alice, auch wenn ...«, sie drehte sich um und lächelte Georgia an, »auch wenn Georgia sehr gute Arbeit geleistet und bei den Wettbewerben hervorragend abgeschnitten hat.«

»Stimmt.« Lucy lächelte. »Du bist wirklich eine super Reiterin, Georgia.«

»Ganz genau«, sagte Josephine. »Aber Georgia muss uns nach den Ferien wieder verlassen. Und die Osterferien sind schon fast vorbei. Ich würde dann wieder eine Reiterin brauchen.« Josephine sah Lucy zögernd an.

Lucy blickte schüchtern unter ihren langen Wimpern hervor. »Du meinst doch nicht etwa, dass ich wieder für dich reiten darf, oder?«

»O doch, genau das meine ich«, erwiderte Josephine. »Und zwar sofort. Das heißt, wenn du das möchtest ...«

»Ob ich das möchte?«, rief Lucy aus. »Aber natürlich!«

Georgia lächelte. Sie war erleichtert, dass die Unstimmigkeiten ausgeräumt waren, aber nicht nur das – sie freute sich auch darauf, bald zur Redgrove Farm zurückzudürfen. Die Welt des Turnierreitens war aufregend und spannend, aber Georgia sehnte sich jetzt danach, wieder zurück zu ihren Freunden und ihrem normalen Alltag zu kommen.

Lily stupste sie an der Schulter an, als wolle sie sagen, dass sie ihr beipflichtete, und Georgia lächelte wieder.

Alice streckte eine Hand aus, um über Secrets Mähne zu streichen, und kraulte ihn hinter den Ohren.

Woher weiß sie, dass er das am liebsten mag?, ging es Georgia durch den Kopf, obwohl die Antwort offensichtlich war. Dieses Mädchen war absolut vernarrt in das Fohlen, genauso wie Georgia in Lily vernarrt war. Alice hatte ein besonderes Gespür für Pferde, und die enge Verbindung zwischen den beiden war nicht zu leugnen.

Erneut verspürte Georgia einen kleinen Stich der Eifersucht. Secret, der von ihrer geliebten Palomino-Stute zur Welt gebracht worden war, war ein Freigeist und schon immer unabhängig gewesen, vom ersten Tag an. Sie hatte gehofft, dass sie und das Hengstfohlen irgendwann auch eine so innige Beziehung bekämen, aber offensichtlich hatte er seine eigene Wahl getroffen.

»Kommt jetzt, gehen wir ins Haus«, schlug Josephine schließlich vor. »Ich finde, das muss mit einer schönen Tasse Tee gefeiert werden.«

Kapitel achtzehn

»Du bist so still.« Daniel stellte ein Glas Orangensaft vor Georgia auf den Tisch, als sie später bei ihm in der Küche saßen. Georgia konnte gar nicht fassen, dass die Osterferien schon fast vorbei waren. Sie würde den Hof der Smalleys und die Ponys vermissen – sie hatte so viel dort gelernt. Am meisten freute es sie, dass Lucy und Alice wieder Freundinnen waren. Dennoch konnte sie die leise Stimme in ihrem Kopf nicht ignorieren, die sie daran erinnerte, dass in ein paar Tagen die Ponys abgeholt und zurück zur Redgrove Farm gebracht wurden. Alice würde ganz sicher darunter leiden, dass Secret auch abgeholt wurde.

Georgia löste sich aus ihren Gedanken und blickte hoch. »Entschuldige, Dan.« Ihr wurde bewusst, dass sie nur mit halbem Ohr zugehört hatte, als er ihr vom neuesten Streich des Hofhundes gegenüber einem Kunden des Dorfladens berichtet hatte. »Ich hatte nur so nachgedacht.« Sie lächelte ihren Freund an, während sich ein Kloß in ihrem Hals bildete. Ihr war ein Gedanke in Bezug auf Secret gekommen, aber sie wollte ihn nicht aussprechen, noch nicht einmal Daniel gegenüber!

Ein paar Tage später fuhr der dunkelgrüne Pferdetransporter in den Hof der Smalleys, und Georgia merkte, wie sich Erleichterung in ihr breitmachte. Die Redgrove-Ponys standen in ihren Boxen, ihre Sachen waren ordentlich zusammengepackt, und sie wieherten unruhig. Melanie stieg aus dem Wagen, und Georgia rannte ihr praktisch in die Arme.

Melanie lachte. »Alles okay, Georgia?«

»Bestens«, Georgia strahlte sie an. »Ich freue mich einfach nur, heimzukommen.«

»War denn alles in Ordnung?«, fragte Melanie und sah sie besorgt an.

»Na ja«, Georgia holte tief Luft. »Es ist jedenfalls ziemlich viel passiert. Ich erzähle dir am besten nachher alles …«

Kurz darauf saßen sie alle bei Josephine um den Tisch, und Melanie hörte zu, als Josephine und Georgia die Geschichte von Secrets Rettung erzählten. Als Josephine zwischendurch aufstehen und ans Telefon gehen musste, drehte sich Melanie zu Georgia.

»Es tut mir wirklich leid«, sagte sie leise. »Von all den Problemen mit Alice und Lucy wusste ich nichts, als Josephine mich damals ansprach. Mir war zwar bewusst, dass ihre Tochter einen Unfall gehabt hatte, aber ich wusste nichts Genaues.«

»Halb so wild!« Georgia winkte lächelnd ab. »Ich habe sehr viel gelernt – nicht nur über Pferde, sondern auch über Menschen.« Sie wollte ganz bestimmt nicht, dass Melanie ein schlechtes Gewissen bekam. Schließlich hatte sie eine tolle Zeit auf dem Hof der Smalleys gehabt, und Secrets Unfall hatte Lucy und Alice sogar wieder versöhnt und zusammengebracht. Georgia musste sich zwar eingestehen, dass es ziemlich anstrengend gewesen war, an so vielen Wettbewerben teilzunehmen, da sie immer ihr Bestes geben wollte. Lucys Drohungen waren dabei nicht gerade hilfreich gewesen. Doch jetzt, nachdem alles geklärt war, war alles gut – sie freute sich einfach nur noch darauf, wieder auf Redgrove reiten zu können.

Sobald Josephine ihr Telefonat beendet hatte, gingen sie hinaus und begannen mit dem Verladen der Ponys. Genau wie vor drei Wochen war es eine ziemlich große Herausforderung und bedurfte straffer Organisation, die Tiere mitsamt ihrem ganzen Zubehör zügig in den Transporter zu bekommen. Ohne Daniels Hilfe war es noch schwieriger. Georgia vermisste ihn und hoffte, ihn an diesem Abend sehen zu können.

Melanies Mann Simon brachte Wilson und Callie in den Anhänger. Callie beschwerte sich fürchterlich, dass sie Lachlan verlassen musste, von dem ein einsam klingendes Wiehern kam, als seine Freundin weggebracht wurde.

»Mit Lachlan ist es immer das Gleiche«, meinte Lucy kichernd. »Er verliebt sich ständig wieder neu!«

Alle lachten, außer Alice, die etwas abseits von den anderen stand und zusah, wie Secret in den Anhänger gebracht wurde. Er lief gehorsam hinter Lily auf die Rampe, bevor er sich noch einmal umsah und zu dem jungen Mädchen blickte. Nachdem sie sich verabschiedet hatten, stiegen Melanie und Georgia in den Geländewagen, und alle winkten ihnen lächelnd nach, während sie aus der Einfahrt fuhren. Als Georgia jedoch noch einmal in den Rückspiegel blickte, bemerkte sie, wie Josephine ihre Tochter in den Arm nahm, weil Alice in Tränen ausgebrochen war.

Georgia gefiel es gar nicht, Alice so aufgeregt und unglücklich zu sehen, aber darüber mochte sie jetzt nicht weiter nachdenken. Sie fand sich selbst egoistisch, doch sie wollte einfach nur zurück zur Redgrove Farm, wo alles wie immer war.

Die Fahrt dauerte etwa fünfundzwanzig Minuten –

die längsten fünfundzwanzig Minuten in Georgias Leben, so kam es ihr zumindest vor. Redgrove war genauso, wie sie die Farm vor drei Wochen verlassen hatten, aber für Georgia sah sie aus wie das Paradies. Die Ponys schienen auch froh zu sein, dass sie wieder zurück waren – zufrieden verließen sie den Anhänger, und bald standen alle wieder auf ihren Koppeln, als hätten sie diese nie verlassen. Die Köpfe gesenkt, grasten sie in der Frühlingssonne.

Georgia half Melanie und Simon, das Zaumzeug der Ponys zu verstauen, und trat dann durch das Tor der Koppel. Wilson, der in den Ferien etwas zugenommen hatte, blickte auf und schaute sich zufrieden auf der ihm vertrauten Weide um, und Lily blies sanft in Georgias Haar, während sie sich an sie drängte. Nur Secret schien ruhelos. Normalerweise versuchte er immer, mit Callie oder Lily zu spielen, doch jetzt stand er abseits von den anderen Ponys und blickte sich suchend um.

Georgia ging zu ihm und tätschelte seinen Hals. »Was ist denn los, mein Junge?«, flüsterte sie. Doch natürlich wusste sie, was los war: Er vermisste Alice.

Auffordernd stupste er sie an, als wolle er eine Antwort von ihr.

Melanie kam herüber und beugte sich über das Tor. »Er ist so gewachsen, Georgia, und das in nur drei Wochen.«

»Er scheint ... traurig zu sein«, sagte Georgia, die weiter seinen Hals streichelte.

»Georgia.« Melanies Stimme klang zögernd. »Ich weiß, das ist nicht das, was du hören möchtest, aber wir müssen über Secret reden.« Sie streckte die Hand aus und streichelte das Hengstfohlen am Kinn, während sie nach Worten suchte. »Du weißt, dass Lily hier für den Rest ihres Lebens ein Zuhause hat, genau wie Secret. Ich würde ihn niemals ohne dein Einverständnis weggeben.« Sie blickte Georgia nun geradewegs in die Augen. »Aber mit zwei Ponys hättest du sehr viel Arbeit, und da du noch in der Schule bist, könnte es vielleicht zu viel für dich werden. Du möchtest doch nicht in der Schule zurückfallen, wie letztes Jahr, oder? Du weißt, dass du deiner Mutter versprochen hast, dass die Schule nicht unter der Versorgung der Pferde leidet?« Georgia nickte. »Und zwei Ponys«, fuhr Melanie fort, »können sehr teuer werden.«

»Ich weiß«, sagte Georgia düster.

»Also, denk einfach mal darüber nach, Georgia, ja?«, bat Melanie.

»Mach ich«, antwortete Georgia. Sie wusste ganz genau, dass sie während der nächsten Tage an kaum etwas anderes denken würde.

Kapitel neunzehn

Melanies Worte gingen Georgia später, als sie schon im Bett lag, immer und immer wieder durch den Kopf. Pip gähnte und blinzelte schläfrig, als sie ihre Nachttischlampe anknipste und ihr Fotoalbum hervorholte. Darin befanden sich ihre liebsten Erinnerungen an ihre Erlebnisse mit Lily und Secret.

Die ersten Tage auf Daniels Farm, während der Überschwemmung von Redgrove. Das Fohlen war nach seiner dramatischen Geburt im Ziegenstall untergebracht worden. Ein Weihnachtsfoto zeigte Lily, die mit Weihnachtsglitzergirlanden geschmückt stolz neben ihrem Fohlen stand, das von Emma umarmt wurde. Dann die erste Präsentation von Secret, als Daniel ihn geführt hatte. Das schien jetzt Jahre zurückzuliegen, doch in Wirklichkeit waren es nur wenige Wochen.

Georgia liebte das übermütige kleine Hengstfohlen, doch da er nun beinahe sechs Monate alt war, musste sie eine Entscheidung treffen. Melanie konnte ihn nicht als Zuchthengst behalten – sie hatte einfach nicht die Möglichkeit dazu, und es wäre unfair mit zwei Stuten in der Nähe. Ein großes Gestüt, wie das von Josephine, war dafür besser geeignet.

Georgias Gedanken wanderten zu Alice. Und wieder zurück zu Secret. Sie hatte die Verbindung zwischen ihm und Alice ganz deutlich gesehen, aber sie liebte ihn auch selbst. Und weil er ein Teil von Lily war, machte es das nur noch schwerer für sie, ihn loszulassen. Melanie hatte aber natürlich recht, sie musste für die Schule lernen und sich dann noch um Lily kümmern. Ihre Mutter wäre niemals in der Lage, sich noch ein zweites Pony zu leisten.

Seufzend streichelte sie Pip, dann knipste sie ihre Lampe wieder aus und starrte an die Decke, bis sie schließlich einschlief.

Es war noch früh am Morgen, als Georgia aufwachte. Ihre Gedanken überschlugen sich bereits, und sie setzte sich aufrecht hin. Sie wusste, Melanie wäre wegen der Pferde bereits wach, und sie hatte jetzt auch keine Zweifel mehr, was sie tun musste. Georgia holte tief Luft und griff nach ihrem Handy. Sie war bereit, ein sehr wichtiges Telefongespräch zu führen!

Die Straßen kamen Georgia sehr vertraut vor, als der Transporter sich zwischen den hohen Hecken entlangschlängelte, an denen schon hellgrüne Knospen aufsprangen. Georgia verspürte das gleiche merkwürdige Gefühl im Bauch, das sie normalerweise am Morgen eines Turniers oder einer Schau hatte, obwohl sie heute keinen Wettkampf vor sich hatte.

Melanie bemerkte ihre Nervosität und lächelte. »Es ist das Richtige, Georgia«, sagte sie mitfühlend.

Daniel drückte ihre Hand.

Sie lächelte ihn an und war froh, dass er bei ihr war. Sie wusste, sie war während der letzten Wochen sehr abgelenkt und ständig mit ihrem Job bei Josephine beschäftigt gewesen. Doch Daniel hatte sie nicht im Stich gelassen. Sie schwor sich, es wiedergutzumachen. Als der Geländewagen in die großzügige Einfahrt und durch die hohen schmiedeeisernen Tore hindurchfuhr, holte Georgia tief Luft.

Sie wurden schon von allen erwartet – von Josephine, Fergus, Shelley und Lucy, und natürlich von Alice, die leicht verblüfft wirkte, als sie den Transporter sah.

Doch als Georgia und Melanie die Rampe des Transporters herunterklappten und Secret fröhlich wiehernd herauskam, begriff sie, was das zu bedeuten hatte. Alice schnappte nach Luft und schlug sich die Hand vor den Mund. »Mum?«, fragte sie mit zitternder Stimme.

»Ja, Alice. Wenn du ihn möchtest, gehört er dir!«, sagte Josephine stolz.

Alice blickte von Josephine zu Secret und wieder zurück. Tränen liefen über ihre Wangen, doch gleichzeitig strahlte sie von einem Ohr zum anderen.

Ein Kloß bildete sich in Georgias Kehle, ihr Gesicht fühlte sich heiß an und ihre Augen brannten. Es geschah nun also wirklich. Sie ließ Secret gehen – das kleine Hengstfohlen, das auf so dramatische Weise in ihr Leben getreten war, aber nie richtig ihr gehört hatte. Sie wusste, Alice würde ihn genauso sehr lieben, wie sie selbst Lily liebte, auch wenn er niemals ihr geliebtes Pony Honey ersetzen würde.

Das verhinderte dennoch nicht die heißen Tränen, die jetzt ungehindert über Georgias Wangen flossen, als sie Secrets Führseil weiterreichte. Alice ihrerseits umarmte sowohl Georgia als auch Secret.

Es ist das Richtige, sagte sich Georgia erneut, doch das machte es auch nicht einfacher.

Secret stieß sie spielerisch an. Er war nicht so einfühlsam wie Lily, wenn es darum ging, Stimmungen aufzufangen, aber auch er merkte, dass Georgia sich über irgendetwas aufregte.

»Es wird ihm gutgehen.« Josephine sah Georgia mit einem beruhigenden Lächeln an. »Ich verspreche dir, wir werden ihn nie, niemals verkaufen. Er ist das Pony, das Alice wieder zu lächeln gelehrt hat. Er und Lily sind etwas ganz Besonderes.« Mit einem Schmunzeln fügte sie dann hinzu: »Außerdem habe ich heute Nachmittag bereits dafür gesorgt, dass an jedem Tor neue und extra sichere Riegel angebracht werden – damit er nicht wieder ausbüchsen kann! Und Georgia«, fügte sie sanft hinzu, »er wird aus ganzem Herzen geliebt.«

»Ich weiß ...« Georgia kam ins Stocken, sie hatte das Gefühl, ihr sei die Kehle zugeschnürt. »Ich weiß, dass er hier sehr glücklich sein wird, es ist nur ...«

»Es fällt dir schwer«, ergänzte Josephine leise. »Aber du hast eine sehr tapfere und kluge Entscheidung getroffen.«

Als spüre er, dass es Zeit war, sich zu verabschieden, drehte Secret sich um, rieb seinen Kopf voller Zuneigung an Georgias Arm und blies seinen warmen Ponyatem in ihr Haar.

Georgia kraulte ihn an der Stelle hinter seinem Ohr, an der er es am liebsten hatte, und lächelte, als er seine Augen schloss und mit seinen blassen rötlichen Wimpern blinzelte. Sie tätschelte ihn ein letztes Mal. Dann umarmte Alice sie ganz fest.

»Danke«, flüsterte sie. »Danke, dass du ihn zu mir zurückgebracht hast.«

In diesem Moment wusste Georgia ohne jeden Zweifel, dass sie die richtige Entscheidung getroffen hatte.

Manchmal kreuzten Ponys den Weg eines Menschen aus einem bestimmten Grund. Lily war unvermittelt auf einem Hügel in Wales aufgetaucht, um in Georgias Leben zu treten, und jetzt hatte ihr Sohn sich Alice' Herz erobert. Und wenn Lily sich von ihrem Fohlen lösen konnte, dann konnte Georgia das auch. Mit einem Lächeln erinnerte sie sich an die Verabschiedung auf Redgrove. Sie hatte Lily erklärt, was jetzt mit Secret geschehen würde, auch wenn sie nicht erwartet hatte, dass die Stute das verstand. Und doch schien es irgendwie so, als könnte Lily tatsächlich spüren, was vor sich ging. Sie stupste das Hengstfohlen zärtlich an, und die beiden standen einen Moment lang Nase an Nase, bevor Secret aufgeregt wieherte und Lily ihn ruhig in Richtung Rampe schob.

»Gern geschehen, Alice«, antwortete Georgia und begegnete dem Blick des jüngeren Mädchens, dessen Augen vor Glück glänzten. »Secret gehört zu dir.«

Kapitel zwanzig

»Es tut mir wirklich leid«, sagte Georgia später zu Daniel, als sie Redgrove verließen.

Nach einem vergnügten Tag, den sie mit Ausmisten und Striegeln der Ponys verbracht hatten, hatten sie beschlossen, zu Fuß über die Felder zu Daniel nach Hause zu laufen, denn es war noch hell.

»Was denn genau?«, fragte Daniel fröhlich, blieb stehen und drehte sich zu ihr.

»Dass ich während der Ferien immer so viel zu tun hatte und keine Zeit, um ... na ja, du weißt schon ... mit dir ins Kino zu gehen.« Georgia wurde knallrot vor Verlegenheit, als sie das aussprach. Sie sah stur auf ihre Stiefel, um Daniel nicht anschauen zu müssen.

Er lachte gutmütig auf. »Ist schon okay, Georgia. Weißt du, immer, wenn ich mit dir zusammen bin, dann fühlt es sich eben einfach richtig an, selbst wenn wir uns eine ganze Weile nicht gesehen haben.« Jetzt war er es, der rot wurde. »Es macht mir Spaß, dir hier zu helfen, mit zu den Turnieren zu kommen und einfach mit dir zusammen zu sein.«

Daniel berührte leicht ihren Arm, und Georgia merkte, wie ihre Haut sofort kribbelte.

»Weißt du was?« Er grinste sie an, zog den Reißverschluss seines Rucksacks auf und holte eine Tüte Chips und eine Dose Limonade heraus. »Wie wäre es statt Kino einfach jetzt gleich mit einem Picknick?« Mit einer ausholenden Geste stellte er alles ins Gras und breitete daneben seine Regenjacke zum Draufsetzen aus.

Beim Hinsetzen kicherten sie beide, ein wenig verlegen über die ungewohnte Nähe. Glücklicherweise wählte Lily genau diesen Moment, um von der anderen Seite der Koppel, wo sie gegrast hatte, zu ihnen zu galoppieren. Sie stieß Daniel mit der Nase in den Rücken, bis er lachte und ihr ein paar Chips anbot. Als sie kaute, streichelte er ihre Nase.

»Das ist genau meine Vorstellung von einem Date«, sagte Daniel, legte seinen Arm um Georgia und zog sie an sich.

In seinem Arm, mit Lily daneben, musste Georgia zugeben, dass es auch ihre Art von Date war, und nach den Aufregungen der letzten Tage fiel ihr kein Ort ein, wo sie jetzt lieber gewesen wäre.

»Es ist so ruhig hier draußen«, meinte Emma ein paar Tage später, als sie Georgia nach der Schule half, den Hof zu fegen. Jetzt, da die Tage länger wurden, hatte Emma ihre Reitstunden wieder aufgenommen und genoss es, Zeit mit den Ponys zu verbringen. Sie machte oft genug selbst Scherze darüber, dass sie eine »Gut-Wetter-Reiterin« war.

Georgia lehnte sich auf ihren Besen. Emma hatte recht. Es war ruhig. Die drei Ponys hatten sich problemlos wieder in ihrem Zuhause eingewöhnt, aber ab und zu sahen sie sich auf der Koppel um, als warteten sie darauf, dass das übermütige Hengstfohlen auftauchte und sie zum Spielen aufforderte. Selbst die grantige Callie hatte am ersten Abend ohne Secret ein wenig einsam ausgesehen – auch wenn sie jetzt wieder in Ruhe und ungestört grasen konnte. Und obwohl Lily ihren Sohn deutlich vermisste, schien sie dennoch zufrieden zu sein, auch etwas mehr Ruhe zu haben.

Sobald Georgia an Secret dachte, spürte sie wieder einen Kloß in ihrem Hals. Sie vermisste ihn sehr, auch wenn sie wusste, dass er dort war, wo es für ihn am besten war. Alice hatte ihr gestern noch ein Foto von ihm im Stall geschickt. Er hatte anscheinend in einem jungen Dartmoor-Fohlen einen besten Freund gefunden, und die beiden hatten bereits einigen Unsinn angestellt! Trotz einer gewissen Traurigkeit konnte

Georgia nicht anders als zu lächeln, wenn sie daran dachte.

»Georgia?«, rief Melanie und kam zu ihr herüber, ein Blatt Papier in der Hand, mit dem sie herumwedelte. Sie sah sehr zufrieden und aufgeregt aus. »Georgia, als du bei Josephine warst, hast du da mit Lily bei einem Wettbewerb gewonnen?«

Georgia runzelte die Stirn – es kam ihr vor, als wäre das schon ewig her. »Ja«, antwortete sie dann, »gleich in der ersten Woche.«

»Tja«, sagte Melanie und ihre Augen strahlten, als sie Georgia einen offiziell aussehenden Brief reichte. »Das war eine Vorauswahl für eine Meisterschaft. Und nicht nur irgendeine Meisterschaft – der Gewinner qualifiziert sich für die Auswahl zum *Pferd des Jahres*! Georgia, ist dir klar, was das bedeutet?«

Georgia war das klar, total klar. Sie merkte, wie die Aufregung in ihr hochstieg.

»Wir müssen dich sofort registrieren, Georgia«, rief Melanie aus. »Das könnte die große Chance für dich und Lily sein!«

Kapitel einundzwanzig

Die Auswahl sollte bereits in einer Woche stattfinden, was bedeutete, dass die Zeit zur Vorbereitung nur sehr kurz war. Die Benachrichtigung von der Qualifikation war angekommen, während Melanie im Urlaub war, und so hatten sie den offiziellen Meldetermin verpasst. Melanie reichte jedoch die Anmeldung nach, die aufgrund der Umstände auch akzeptiert wurde.

Danach bestand die Woche aus zusätzlichen Übungsstunden und der besonderen Pflege Lilys. Georgia trainierte mit Lily in den späten Abendstunden nach der Schule. Daniel und Emma versprachen, zur Veranstaltung zu kommen, die auf einem berühmten Gelände stattfinden sollte. Es war der größte Wettkampf, bei dem Georgia bisher teilgenommen hatte, sogar noch größer als die Hunter-Meisterschaft, die sie im Herbst auf Wilson gewonnen hatte.

Als der große Tag endlich gekommen war, hätte Lily nicht besser aussehen können. Gut in Form, muskulös und mit glänzendem Fell war sie in Höchstform. Selbst Melanie war voller Bewunderung, als Georgia die Stute an diesem Morgen zum Anhänger führte. Zu Georgias Freude war Sophie übers Wochenende nach Hause gekommen, um das Team anzufeuern, also war es eine fröhliche Gruppe, die an diesem Tag unterwegs war.

Georgia dachte daran zurück, wie es war, als sie für Josephine beim Wettbewerb angetreten war. Das hatte auch Spaß gemacht, aber es war nicht zu vergleichen damit, auf ihrer heißgeliebten Stute zu reiten und mit ihren besten Freunden zusammen zu sein. Sie brauchte sich auch keine Sorgen mehr wegen Lucy zu machen und stand nicht unter Druck, für Josephine gewinnen zu müssen. Georgia freute sich einfach nur auf diese Veranstaltung!

»Du bist ja so un-nervös!« Daniel grinste Georgia an, während er Lilys Hals tätschelte.

Sie warteten gerade darauf, dass Georgia auf den Platz durfte, und sie saß völlig entspannt auf Lilys Rücken.

»Sag mal, Daniel!«, rief Emma lachend. »Gibt es das Wort überhaupt?«

»Nein, wahrscheinlich nicht!«, antwortete Daniel gutmütig. Er blickte hoch zu Georgia, ein Lächeln ließ sein gutaussehendes Gesicht strahlen. Georgia spürte, wie sich Schmetterlinge in ihrem Bauch bemerkbar machten. Sie war nicht sicher, ob das an Daniel lag oder daran, dass sie doch langsam nervös wurde.

Sophie und Melanie standen an der Seite, hielten Pappbecher mit Kaffee in der einen Hand und zeigten ihr mit der anderen ihre hochgereckten Daumen. Sophie, die so schick wie eh und je aussah, war liebend gern mitgekommen, um Georgia anzufeuern. »Viel Glück!«, rief sie, als Georgia auf den Platz ritt.

Es ist ganz egal, wie wir abschneiden, dachte Georgia, ich will es einfach nur genießen. Sie hatte Dan und Lily, und alles andere war noch ein zusätzliches Sahnehäubchen!

Lily musste ihr Glücksgefühl spüren, denn sie galoppierte mit leichten Schritten um den Platz, die Ohren aufgestellt und das Maul ganz weich.

»Bravo, Lily! Weiter so, Georgia!«, rief Melanie.

»Na, das ist ein Pony, das auf die ersten Plätze gehört«, tönte es von einer schlanken Frau mit einer Melone, die mit einem Programm wedelte.

Einige Zuschauer waren jetzt stehen geblieben, wie verzaubert von der Palomino-Stute und der hübschen blonden Reiterin, die nicht aufhören konnte zu strahlen.

Lily vollführte eine perfekte Acht, bevor Georgia sie aufforderte, entlang der langen Seite der Bahn zu galoppieren. Die Stute gehorchte in weitausholenden Bewegungen, ihre Hufe berührten kaum das zarte Frühlingsgras.

Als Georgia sich mit den restlichen Reitern ihrer Kategorie aufstellte und vor Stolz über Lilys gute Vorführung fast zu platzen schien, merkte sie, dass inzwischen viele Zuschauer auf die Ergebnisse warteten. Die Jury brauchte quälend lange, um die Platzierungen bekanntzugeben, und rief die Plätze dann von hinten nach vorn auf – vom fünften bis zum ersten Platz. Es waren über fünfzehn Ponys, die in der Reihe standen, alle wirklich beeindruckend, aber Georgia saß ruhig da und genoss einfach den Augenblick.

Sie beugte sich interessiert nach vorn, als der Preisrichter den zweiten Platz aufrief – ein schönes kastanienbraunes Tier, dessen Reiterin ein wenig enttäuscht wirkte. Zweifellos hatte sie gewinnen wollen. Ein anderes Mädchen auf einem großen braunen Hengst ging unwillkürlich einen Schritt nach vorn und zögerte dann, als der Preisrichter sich räusperte und über seine Brille auf die Wartenden blickte. »Nummer 474«, sagte er dann kurz und knapp, doch mit einem Schmunzeln.

»Haben die ein Glück«, meinte Georgia lächelnd zu dem Mädchen neben sich auf einem dunkelbraunen Pony.

Das Mädchen sah sie mit offenem Mund an. »Was meinst du denn?«, sagte sie. »Das bist doch du! Nummer 474!«

»Echt …?« Georgia sah sich um. Alle blickten zu ihr, lachten und klatschten. Sie schaute hinüber zu Melanie und Sophie. Melanie weinte vor Freude. Daniel hüpfte zusammen mit Emma auf und ab, sie fielen sich in die Arme und streckten die zu Fäusten geballten Hände in die Luft.

Da brach die Erkenntnis wie eine Welle über Georgia herein, und ihr Gesicht rötete sich, bevor anschließend die Farbe aus ihm wich. Sie hatte es geschafft! Sie hatte Lily und sich endgültig für *Pferd des Jahres* qualifiziert!

Noch heute Morgen hatten sie sich gar keine so hohen Ziele gesteckt, und jetzt war es doch geschehen. Georgias Traum war wahr geworden! Sie war überwältigt und immer noch ungläubig, während die Reiterin neben ihr sie beglückwünschte.

»Und jetzt geh schon, hol dir deine Rosette!«, forderte das Mädchen sie lachend auf.

Wie benommen lenkte Georgia Lily nach vorn, und die Zuschauer spendeten lebhaft Applaus. Melanie liefen weiter die Tränen über die Wangen, und Sophie wurde davon angesteckt. Zu Georgias großer Freude sah sie jetzt auch Josephine, Alice und Lucy zu ihren Freunden treten und wie verrückt winken.

»Secret lässt dich grüßen!«, rief Alice.

»Gut gemacht, junge Dame«, sagte der Preisrichter, setzte seine Melone ab und reichte Georgia die allerschönste rote Rosette, die sie sofort an Lilys Halfter festmachte. »Ich nehme an, diesen Tag wirst du wohl nicht so schnell vergessen«, fuhr er fort, und seine freundlichen blauen Augen blitzten.

Georgia nickte, ohne einen Ton herauszubringen. All die Gefühle des vergangenen Jahres kamen zurück, und einen Moment lang wurde ihr fast schwindlig. Lily hatte ihr Leben völlig verändert – natürlich zum Besseren.

Sie beugte sich vor, legte liebevoll ihre Arme um den goldfarbenen Hals der Stute und dankte ihr von ganzem Herzen. Sich hier zu qualifizieren war ein unglaublicher Erfolg, den Lily und sie erreicht hatten. Zusammen konnten sie alles schaffen!

»Na los.« Der Preisrichter tätschelte Lilys Hals. »Die Ehrenrunde! Liefert dem Publikum eine gute Show!«

Und so ritt Georgia in leichtem Galopp um den Platz. Die Bänder der Rosette flatterten zusammen mit Lilys elfenbeinfarbener Mähne. Halb lachend, halb weinend drehte Georgia ihre Ehrenrunde. Ihre Sicht wurde durch die Tränen getrübt, doch sie fühlte sich, als müsste sie vor Glück gleich zerspringen. Lily und sie hatten sich qualifiziert, Daniel war irgendwie so was wie ihr Freund, und Secret hatte das perfekte Zuhause gefunden. Was auch geschah, sie würde sich für immer und ewig an diesem Moment erinnern, genau wie der Preisrichter es ihr prophezeit hatte.

Später an diesem Abend, eingehüllt in Lilys Decke – eine Fleecedecke in Dunkellila mit einem Goldrand – musste Georgia lächeln, als Daniel der Palomino-Stute noch ein Pfefferminz gab, bevor er zu Georgia auf den Heuballen kam. Sie fühlte sich immer noch leicht benommen bei dem Gedanken an die Qualifikation. Es würde noch eine ganze Weile dauern, bevor sie wieder auf den Boden der Realität zurückkehrte.

»Ist es das beste Gefühl auf der ganzen Welt?«, fragte Daniel sie und legte einen Arm um ihre Schulter.

»Ja und nein«, antwortete Georgia wahrheitsgemäß. »Es ist auf jeden Fall unglaublich toll, aber in den letzten Wochen wurde mir klar, wie viel Glück ich habe, Lily überhaupt nur zu *haben*. Ich meine, überleg nur mal, wie schnell es ging, dass Alice ihr Pony Honey verloren hat. Ich würde jede Rosette der Welt dafür eintauschen, Lily einfach nur für immer behalten zu dürfen.« Sie sah Daniel an. »Macht das für dich Sinn?«

Er lächelte und zog sie näher an sich. »Auf jeden Fall«, sagte er leise. »Deshalb mag ich dich auch so gern, Georgia«, sagte er. »Du machst Sinn ... du machst einfach total Sinn.«

»Also bist du nicht sauer, dass ich immer so viel Zeit bei den Ponys verbringe?«, fragte Georgia vorsichtig.

»Niemals.« Daniel lächelte verständnisvoll. »Wie ich schon sagte ... wenn du normal wärst, hätte ich dich gar nicht so gern.«

»Ich bin nicht normal?« Georgia tat so, als schmolle sie, da lachte Daniel und zog sie an sich, um sie sanft zu küssen. Georgia hatte das Gefühl, ihr ganzer Körper sei wie elektrisiert.

Lily wieherte und stampfte mit den Füßen, als Daniel sich von Georgia löste und lachen musste. Jegliche Verlegenheit verschwand sofort, als das Palomino mehrmals nacheinander den Kopf warf. Georgia hätte schwören können, dass Lily grinste!

»Ich denke, sie will dir sagen, dass *sie* heute die Nummer eins ist«, meinte Daniel lachend und zog Georgia hoch auf die Füße. »Na los«, sagte er und schob Georgia zu ihrem Pony. »Das ist ihr Moment.«

Georgia lächelte Daniel dankbar an. Sie konnte sich nicht vorstellen, dass es irgendeinen anderen Jungen gab, der sie so gut verstand.

Mit einem glücklichen Seufzer legte sie ihre Arme um Lilys Hals und atmete tief den Geruch des Ponys ein, diesen einzigartigen, wunderbaren Pferdegeruch.

Gemeinsam hatten sie so viel erreicht und immer noch so viel vor sich. Was auch bei dem Wettbewerb um den Titel *Pferd des Jahres* passierte – ob sie im Scheinwerferlicht stand oder Schlusslicht war – Georgia würde mit dem besten Pony auf der ganzen Welt nach Hause kommen. Und weder tausend Rosetten noch der größte Ruhm würden das jemals übertreffen können. So weit es Georgia betraf, war sie bereits eine Gewinnerin!

Die Abenteuer von Georgia und Lily gehen weiter!
Freue dich auf den vierten Band –
ab Herbst 2016 im Buchhandel erhältlich!

Lies schon jetzt,
wie es im nächsten Band weitergeht!

LESEPROBE

Redgrove Farm

Der Traum vom Sieg

Aus dem Englischen
von Angelika Eisold Viebig

Leseprobe aus Band 4

Ab Herbst 2016 im Buchhandel

KJB

Kapitel eins

»Georgia? Hast du gehört?«

Daniel stupste Georgia an, als die Lehrerin auf sie zukam und dann vor ihnen stehen blieb.

»Entschuldigung, können Sie die Frage bitte wiederholen?«, bat Georgia und versuchte, sich auf die Tafel vorne im Klassenzimmer zu konzentrieren. Es war schon wieder passiert: Ihre Nervosität überfiel sie unvermittelt in der Geschichtsstunde, mit Bauchschmerzen und allem drum und dran! Georgia ballte ihre schweißnassen Hände krampfhaft zu Fäusten zusammen. Ihr wurde etwas schwindelig, als sie eine vorwitzige blonde Haarlocke zur Seite schob und entschuldigend zur Lehrerin hochsah.

Daniel warf ihr einen mitfühlenden Blick zu, aber glücklicherweise hatte Miss Hayes es aufgegeben, auf eine Antwort zu warten, und richtete ihre Aufmerksamkeit stattdessen wieder auf die Tafel. Georgia versuchte, sich zu konzentrieren, doch das Gemurmel im

Klassenzimmer war inzwischen nur noch ein Rauschen im Hintergrund. Sobald sie die Augen schloss, sah sie die hellen Scheinwerfer der Turnierarena vor sich und bekam Panik!

Seit die Begeisterung über ihre Qualifikation für den Wettbewerb *Pferd des Jahres* nachgelassen hatte, litt Georgia zunehmend unter dem Druck, an einem so wichtigen Turnier teilzunehmen. Seitdem trainierte sie hart, aber sie zweifelte, ob sie die Teilnahme auch wirklich verdiente. Das hübsche Palomino hatte schon bei seinem ersten Turnier alle Blicke auf sich gezogen, doch da Georgia neu in der Turnierszene war, hatte niemand sie als ernsthafte Konkurrentin betrachtet – bis jetzt. Georgia ritt Lily erst seit letztem Sommer, und auch wenn sie ein tolles Team waren, war sie wahnsinnig nervös. Und wenn sie sich jetzt bereits so fühlte, obwohl es noch einige Wochen bis zum Turnier waren – wie würde es ihr dann wohl am Tag der Entscheidung selbst gehen?

Georgia stieß einen Seufzer aus, der Miss Hayes veranlasste, sich wieder zu ihr umzudrehen.

»Tut … tut mir Leid. Mir geht's gerade nicht so gut«, stammelte Georgia. »Darf ich mal kurz raus?«

»Was war denn nur los?«, fragte Daniel nach Schulschluss, als er Georgia eingeholt hatte. Sie lief den

Flur entlang und ging zielstrebig hinaus zum Bus, doch Daniel hielt mit ihr Schritt. »Alles in Ordnung mit dir? Warum hast du es denn so eilig?«

»Ich möchte einfach nur zum Stall, okay?«, erwiderte Georgia gereizt, »Ich muss Lily sehen!« Daniel blieb weiter an ihrer Seite, und Georgia holte tief Luft. Sie stellte sich vor, wie sie ihren Kopf an den Hals des Palominos legte und wusste, dass es ihr bessergehen würde, wenn sie nur ihr Gesicht in Lilys elfenbeinfarbener Mähne vergraben und den einzigartigen Pferdegeruch einatmen konnte.

»Geht es wieder um den Wettbewerb *Pferd des Jahres*?« Daniel hob eine Augenbraue. »Weißt du, Georgia, du *musst* nicht daran teilnehmen. Jedenfalls nicht, wenn du dir deshalb solche Sorgen machst. Niemand würde dir einen Vorwurf machen, Melanie schon gar nicht!«

»Glaubst du wirklich?« Georgia stellte sich vor, wie Melanie, die Besitzerin von Redgrove Farm – dem Zuhause von Lily – wohl reagieren würde. Melanie hatte so viel für sie getan. Sie hatte Lily gerettet, indem sie sie ihrem Vorbesitzer abgekauft hatte. Und dann hatte sie das Palomino Georgia auch noch als Pflegepony überlassen.

»Ja, das glaube ich«, antwortete Daniel. »Du musst einfach das tun, was für dich am besten ist.«

Georgia wusste, dass er recht hatte. Aber es war

immer ihr Traum gewesen, an diesem Turnier teilzunehmen, und damit einen weiteren Schritt in Richtung professionelle Reiterin zu machen. Doch jetzt, da all das zum Greifen nah schien, jagte ihr der Gedanke plötzlich Angst ein.

»Ach, ich weiß nicht.« Sie schüttelte den Kopf. Da hielt der Schulbus auch schon vor Redgrove Farm, und die Türen schwangen auf. »Ich ruf dich später an, Dan, okay?«

»Klar.« Daniel hob die Hand zum Gruß, und Georgia sprang hinaus. Sie lief die Einfahrt hoch, am Tennisplatz und den hohen Weiden vorbei. Die Farm bestand aus einem großen modernen Haus, an das sich einige Stallungen anschlossen. Hier gab es alles, was man sich nur wünschen konnte – sogar einen Swimmingpool. Georgia war froh und dankbar, dass sie hierherkommen und reiten durfte, wann immer sie wollte. Sie selbst wohnte mit ihrer Mutter ein Stückchen weiter weg im Dorf, aber sie kam jeden Tag zur Farm.

Georgia durchquerte den Hof und kam an Melanies Zwerghühnern vorbei, die an kleinen vertrockneten Pferdeäpfeln pickten. Am Schwarzen Brett im Futterraum hing eine Nachricht.

Hallo Georgia, ich bin beim Ponyclub-Treffen. Vielleicht sehen wir uns ja noch nach deinem Ausritt?

Es war Melanies Schrift, und sie hatte einen kleinen Smiley hinzugefügt. Wahrscheinlich will sie mit mir über Lilys Training reden, vermutete Georgia. Georgia bekam eine Gänsehaut, als sie sich wieder an den Wettbewerb erinnerte, schimpfte aber sofort mit sich selbst. Heute war sie doch nur für einen kleinen Ausritt hierhergekommen. Es gab überhaupt keinen Grund, nervös zu sein!

Sie nahm das Zaumzeug der kleinen Stute – ein einfaches Reithalfter mit Trense – und den weichen Wildledersattel und marschierte damit zur Koppel. Callie und Wilson – Melanies andere Ponys – standen bereits erwartungsvoll am Tor. Der dunkelbraune Vollblutwallach Wilson wurde durch eine leichte Decke warm gehalten, aber Callie benötigte keinen Schutz. Das Winterfell der Exmoor-Ponys schützte Callie vor dem kühlen Wind. Der Himmel war immer noch so blau wie im Sommer, doch es war merklich kühler geworden. Georgia zog ihre Jacke etwas fester um sich.

»Suchst du nach einem Leckerli?« Sie kicherte, als Callies weiche Nase sich gegen ihre Hand schob und holte ein Pfefferminz aus ihrer Tasche. Über den Rücken des Ponys blickte sie zu Lily, die hinter Wilson stand.

Als das Palomino sie mit einem Wiehern begrüßte und auf sie zukam, spürte Georgia, wie all ihre Sorgen von ihr abfielen. Lily zu sehen, zauberte ihr immer ein

Lächeln ins Gesicht! Das Waliser Pony hatte nie besser ausgesehen. Sein goldbraunes Fell schimmerte, und die elfenbeinfarbene Mähne glänzte, denn Georgia bürstete sie jeden Tag, bis sie so weich wie Seide war. Die Muskeln unter Lilys Fell waren deutlich sichtbar, gleichzeitig war Lily jedoch schlank und hatte einen elegant gewölbten Hals, den sie jetzt streckte, um Georgia liebevoll anzustupsen und ihr den Atem ins Gesicht zu blasen. Man hätte niemals vermutet, dass sie erst im letzten Jahr ein Fohlen zur Welt gebracht hatte – ein kleines Hengstfohlen namens Secret, das inzwischen auf dem Gestüt von Josephine Smalley zu Hause war. Seit Secret entwöhnt war, hatte Georgia mit Lily viel gearbeitet, und die Stute sah wirklich toll aus.

»Dann satteln wir dich mal«, sagte Georgia, während sie das Halfter über Lilys Kopf schob und den Sattel auf ihren Rücken legte. Wenn Eric, Lilys Züchter, sie jetzt nur sehen könnte! Georgia hatte gehört, dass er erneut im Krankenhaus war, und hoffte, dass es ihm gutging. Sie hatte ihm Lilys Rosette aus der Qualifikationsrunde per Post geschickt, aber noch keine Antwort erhalten. Vielleicht hatte seine Enkelin Jemma den Brief geöffnet. Georgia schauderte jedes Mal, wenn sie an die Ereignisse jenes Sommers dachte, als sie Lily vor diesem brutalen Mädchen gerettet hatte. Zumindest konnte Jemma der Stute jetzt nichts mehr anhaben. Es hatte sich wie ein Lauffeuer herumgesprochen, dass sie Lily schlecht behandelt hatte, und seitdem ließ sie sich bei Turnieren kaum noch blicken.

»Na komm, mein Engel«, flüsterte Georgia und führte Lily durchs Tor, während sie Wilson und Callie sanft zurückhielt. Es war immer noch hell genug für einen ausgiebigen Ausritt, und Georgia würde sogar noch die wichtige Bodenarbeit im Gelände einbauen, bergauf und bergab, damit Lily in Form blieb.

Sie führte die Stute in den Hof und machte sie für einen Moment neben der Aufstiegshilfe fest, um sich in der Sattelkammer noch schnell ihre alte dunkelblaue Reithose anzuziehen. Zum Schluss band sie ihr lockiges blondes Haar zu einem Pferdeschwanz zurück. Sie befolgte Melanies Anweisung und zog noch eine Reflektorjacke über, falls die Sonne unterging, bevor sie zurück war.

Dann schwang sie sich in den Sattel und machte sich zu einer ihrer Lieblingsrouten auf. Ganz gemächlich ritt sie den Weg direkt vor Redgrove Farm entlang und drehte dann eine große Runde um das Heideland zwischen dem Hof und Daniels Farm. An einem klaren Tag konnte sie von weiter oben das rote Backsteinhaus sehen, in dem sich der Hofladen befand, und sogar Daniels schwarzweiße Collie-Hündin Hattie, die gern neben dem Eingang in der Sonne lag.

Lily nahm den unbefestigten Weg mit weit ausholenden, flüssigen Bewegungen in kürzester Zeit, und als sie in einen rhythmischen Galopp wechselte, spürte Georgia, wie all ihre Sorgen verflogen. Genau darum ging es beim Reiten: Mit seinem Pony draußen unterwegs zu sein und die gemeinsame Zeit zu genießen. Georgia konzentrierte sich jetzt darauf, ihren Kontakt leicht und weich zu belassen und ihre Beine in den Steigbügeln ganz ruhig zu halten. Der Nachmittag verging wie im Flug.

Viel zu schnell war es Zeit, zur Redgrove Farm zurückzukehren. »Langsam, meine Gute, langsam«, rief Georgia, ließ die Stute in den Schrittt wechseln und gab die Zügel nach, damit sie sich nach dem anstrengenden Weg bergauf wieder abkühlen konnte. Lily streckte ihren langen eleganten Hals und ließ ein zufriedenes Schnauben hören. Georgia lachte und tätschelte sie. Wie so oft, genoss sie ihr Glück mit dem Palomino-Pony aus ganzem Herzen.

Sie war so tief in ihren Gedanken versunken, dass sie das dumpfe Donnern von Hufen fast überhört hätte. Das andere Pferd hatte sie beinahe schon eingeholt.

Lily schrak zusammen, wieherte und machte einen heftigen Satz zur Seite, als sie in schnellem Galopp von einem schlanken dunkelbraunen Pony überholt wurden.

»Aufgepasst!«, rief dessen Reiter Georgia lachend zu und zeigte dabei tadellose weiße Zähne. Statt einer Reitkappe trug er eine dunkelgrüne Baseballkappe, dazu eine blaue Jacke mit Reißverschluss, auf der irgendetwas aufgedruckt war.

»Hey ... pass doch auf!«, rief Georgia empört, als Lily vor Schreck mit den Vorderhufen in die Luft stieg. Jeder wusste, dass man eine Reitkappe tragen sollte, und vor allem war es ein ungeschriebenes Gesetz, dass man andere Reiter auf offenem Gelände nicht mit solcher Geschwindigkeit überholte! Der Reiter und sein dunkelbraunes Pony behielten jedoch ihre Geschwindigkeit bei, bis sie um die Kurve und außer Sicht waren. Lily tänzelte nervös zur Seite.

Georgia war wütend. Äußerlich wirkte sie ruhig, doch innerlich kochte sie vor Wut. Beruhigend tätschelte sie Lilys Hals und kehrte mit ihr im Schritttempo zur Redgrove Farm zurück. Wer immer dieser Reiter war, er hatte Lily einen Riesenschrecken eingejagt. Sie hätte durchgehen oder gar stürzen können! Georgia schauderte bei dem Gedanken, dass das Palomino sich ernsthaft hätte verletzen können. Ihr perfekter Ausritt war von diesem eingebildeten Kerl und seinem Pony ruiniert worden – und das gerade, als Georgia endlich angefangen hatte, sich zu entspannen und ihre Sorgen zu vergessen. Was für ein Idiot!

Die englische Originalausgabe erschien 2015
unter dem Titel ›The Palomino Pony Runs Free‹
Bei Nosy Crow Ltd, London, England

ISBN 978-3-7373-5189-8

Die jüngste Geheimagentin der Welt!

Lauren Child
Ruby Redfort –
Gefährlicher als Gold
448 Seiten. Gebunden

Lauren Child
Ruby Redfort –
Kälter als das Meer
496 Seiten. Gebunden

Lauren Child
Ruby Redfort –
Schneller als Feuer
544 Seiten. Gebunden

Lauren Child
Ruby Redfort –
Dunkler als die Nacht
ca. 496 Seiten. Gebunden

Das gesamte Programm gibt es unter
www.fischerverlage.de

fi 555 132 / 2

Für alle Mädchen mit großen Träumen!

Henriette Wich
Die Star-Schule Band 1:
Ein neuer Stern am Himmel
208 Seiten, gebunden

Henriette Wich
Die Star-Schule Band 2:
Halt deine Träume fest
208 Seiten, gebunden

Henriette Wich
Die Star-Schule Band 3:
Bleib deinem Herzen treu
208 Seiten, gebunden

Das gesamte Programm gibt es unter
www.fischerverlage.de

fi 666 087 / 1